作家《さっか》になりたい！ 1

恋愛小説《れんあいしょうせつ》、書《か》けるかな？

小林深雪《こばやしみゆき》／作《さく》　牧村久実《まきむらくみ》／絵《え》

講談社 青い鳥文庫

もくじ

このお話《はなし》に
出《で》てくるひとたち
わたし!
宮《みや》永《なが》未《み》央《お》
パパ
ママ
とってもやさしい♥
いつもテキパキ教育《きょういく》ママ
DIARY
創作ノート
双子《ふたご》の礼《れ》央《お》&《アンド》理《り》央《お》
弟《おとうと》と妹《いもうと》。小悪魔《こあくま》!
わたしの家族《かぞく》
由里亜《ゆりあ》。わたしの宿敵《しゅくてき》!
Yuria
親友《しんゆう》の琴乃《ことの》!
ことの
みお
BEST FRIENDS

1 ただいま小説《しょうせつ》執筆《しっぴつ》中《ちゅう》!

ねえ、みんなは、将来《しょうらい》、なにになりたい?
あなたの夢《ゆめ》はなに?
漫画家《まんがか》?
それとも、ファッションデザイナー?
IT《アイティー》関係《かんけい》かな?
声優《せいゆう》?
ゲームデザイナー?
保育士《ほいくし》?
学校《がっこう》の先生《せんせい》?

キャビンアテンダント？

アイドルとか歌手《かしゅ》とかモデルとか芸能人《げいのうじん》だったりしてね。

それとも、バリバリのビジネスマンかな。

花屋《はなや》さんや雑貨屋《ざっかや》さん。

自分《じぶん》のお店《みせ》を持《も》ちたいっていう子《こ》もいるよね。

わたしの親友《しんゆう》の高橋琴乃《たかはしことの》も、その一人《ひとり》。

北欧《ほくおう》にあるような、かわいいカフェを開《ひら》くのが夢《ゆめ》で、そのカフェで出《だ》すお菓子《かし》も自分《じぶん》で焼《や》きたいんだって。

だから、将来《しょうらい》、調理師学校《ちょうりしがっこう》に行《い》こうかなっていってる。

そして、ジャ〜ン！

わたしの夢《ゆめ》は小説家《しょうせつか》になること！


「未央《みお》。大傑作《だいけっさく》は、もう書《か》きはじめたのか？」

朝《あさ》の食卓《しょくたく》。新聞《しんぶん》を読《よ》みながら、パパがほほえんで、そうきいてきた。

「うん。ばっちり！」

わたしは、カリカリに焼《や》いたトーストにバターをぬりながら返事《へんじ》する。

「でね、内容《ないよう》は……。」

「おねえちゃん。バター取《と》って！」

弟《おとうと》の礼央《れお》が、会話《かいわ》を横《よこ》からジャマする。

「おねえちゃん、わたしには、マーマレード！　あと、クリームチーズ！」

今度《こんど》は、妹《いもうと》の理央《りお》だ。

「もう、ゆっくり、パパと話《はなし》くらいさせてよ！」

わたしは、双子《ふたご》のチビたちを横目《よこめ》で軽《かる》くにらんだ。

四月《がつ》の朝《あさ》。窓《まど》から差《さ》しこむ朝《あさ》の白《しろ》い光《ひかり》。

小鳥《ことり》の鳴《な》き声《ごえ》が聞《き》こえてくる。

キッチンからは、コーヒーのいい香《かお》り。

ママは、リビングのソファでコーヒーを飲《の》みながら、テレビのニュースを見《み》ている。

パパと小説《しょうせつ》の話《はなし》をするなら、いまがチャンス！

「おねえちゃん。わたし、ココアが飲《の》みたい！」

「ぼくは、ホットミルク！」

「あと、ヨーグルトも。はちみつとすりおろしりんごを入《い》れて！」

「ぼくは、ブルーベリー。ジャムじゃなくて、生《なま》のね！」

「うるさい！　自分《じぶん》で作《つく》んなさい！」

そう。宮永家《みやながけ》の朝《あさ》は、いつも、こんなふうにあわただしく始《はじ》まる。

わが家《や》は、五人家族《にんかぞく》。パパ、ママ、わたし、そして、双子《ふたご》の弟《おとうと》と妹《いもうと》。

パパは貿易会社《ぼうえきがいしゃ》に勤《つと》めているサラリーマン。

やせていて、とっても背《せ》が高《たか》い。髪《かみ》には、多少白《たしょうしろ》いものがまじりはじめているけど、気《き》持《も》ちはうんと若《わか》くて、そして、やさしくてお人好《ひとよ》し。

家族《かぞく》の中《なか》では、わたしはパパといちばん気《き》があって仲《なか》よし。

ママはパートで働《はたら》いてる。ショートカットで活動的《かつどうてき》。パパとは正反対《せいはんたい》の性格《せいかく》で、いつも、せわしなく動《うご》きまわっていて、早口《はやくち》。

子《こ》どもには、けっこう口《くち》うるさい教育《きょういく》ママ。

でも、双子《ふたご》は成績優秀《せいせきゆうしゅう》だから、いつも怒《おこ》られるのは、わたしだけなんだけどね。

双子《ふたご》の弟《おとうと》と妹《いもうと》は、小学《しょうがく》三年生《ねんせい》。

男《おとこ》の子《こ》のほうが礼央《れお》。

女《おんな》の子《こ》のほうが理央《りお》。

二人《ふたり》は二卵性《にらんせい》の双子《ふたご》。二卵性《にらんせい》はあまり似《に》ないというけれど、名前同様《なまえどうよう》、顔《かお》もよく似《に》ている。髪《かみ》の短《みじか》いほうが礼央《れお》で、いつもおしゃまに髪《かみ》にリボンをつけているのが理央《りお》。

くりっとした大《おお》きな目《め》をしていて、まあ、一見《いっけん》、天使《てんし》みたいにかわいらしい。だから、だれもが、礼央《れお》と理央《りお》を見《み》るというの。

「あら、お人形《にんぎょう》さんみたいにかわいい双子《ふたご》ちゃんね。」

でも、そのかわいい外見《がいけん》にだまされちゃいけない！

そう。わたしの生活《せいかつ》をおびやかす、とんでもない小悪魔《こあくま》たち。

わたしのいちばんのなやみの種《たね》。

そして、わたしは都内《とない》の私立聖雪《しりつせいゆき》ヶ《が》丘女学院中等部《おかじょがくいんちゅうとうぶ》に通《かよ》う中学《ちゅうがく》二年生《ねんせい》。十四歳《さい》。

フルネーム、宮永未央《みやながみお》。

元気《げんき》がよくて明《あか》るいって、みんなにはよくいわれる。

成績《せいせき》は、まあ中《ちゅう》の上《じょう》っていったところ。

趣味《しゅみ》は小説《しょうせつ》を読《よ》むこと。

そして、小説《しょうせつ》を書《か》くこと！

「未央《みお》、それで、原稿《げんこう》は、どれくらいすすんだんだい？」

パパが新聞《しんぶん》をわきにどけて、ベーコンエッグにフォークを入《い》れながら、わたしにきく。

となりで、まだ、

「ココア！」

「ミルク！」

「わたし、ベーコンエッグより、ゆで卵《たまご》のほうがいい！」

とか、ぎゃあぎゃあさわいでいる双子《ふたご》を無視《むし》して、わたしは答《こた》える。

「いま、原稿用紙《げんこうようし》に五十枚《まい》くらいかな。」

「それが書《か》きあがったら、新人賞《しんじんしょう》に応募《おうぼ》するんだろ？」

「うん。」

「しめきりはいつ？」

「夏休《なつやす》みいっぱい。だから、まだ、ちょっと時間《じかん》はあるんだ。」

「未央《みお》の夢《ゆめ》は小説家《しょうせつか》だもんな。パパは応援《おうえん》しているよ。」

にっこり、パパがほほえむ。

「うん。パパ、ありがとう。」

そう。うちのパパって、ほんとうに理解《りかい》があるんだあ。

パパ、大好《だいす》き。

「未央《みお》ならだいじょうぶだよ。きっと、読《よ》んだみんなを元気《げんき》にする作品《さくひん》が書《か》けるはずだよ。」

「えへへ。そうかなあ。」

「うん。パパの娘《むすめ》なんだから、絶対《ぜったい》だよ。」

「あはは。それって、親《おや》バカかも。でも、パパも昔《むかし》は小説家《しょうせつか》になりたかったんでしょ？」

「そう。結局《けっきょく》、夢《ゆめ》はかなわず、いまはこうして、ふつうの会社員《かいしゃいん》だけどね。」

「でも、まだ遅《おそ》くないよ。パパも、また書《か》けばいいんじゃない？」

「そうだな。未央《みお》に負《ま》けずに、仕事《しごと》の合間《あいま》に、がんばって書《か》いてみようかな。」

「そうだよ！　パパ、いっしょにがんばろう！」

「よし。親子《おやこ》で小説家《しょうせつか》デビューだ。」

「うん！」

「がんばろうな！」


そう。わたしの夢《ゆめ》は小説家《しょうせつか》になること！

青い鳥文庫《あおいとりぶんこ》みたいな小《しょう》・中学生《ちゅうがくせい》に大人気《だいにんき》の児童書《じどうしょ》レーベルで書《か》くのが夢《ゆめ》なの。

しかも、十代《だい》のうちにデビュー！

なんてできちゃったら、かっこいいよね？

わたし、ひそかにあこがれているんだ。

でも、この夢《ゆめ》のことは、琴乃《ことの》とパパとママにしかいってない。

だって、作家《さっか》になるなんていったら、絶対《ぜったい》になれっこないって、いわれちゃいそうだもん。

うちのママなんか、この話《はなし》をしたとき、一笑《いっしょう》にふして、こういったのよ。

「なれっこないでしょ。作家《さっか》なんて、才能《さいのう》のある人《ひと》しかなれないのよ！」

って。

「そんな夢《ゆめ》みたいなことばっかりいっていないで、ちゃんと勉強《べんきょう》して、いい大学《だいがく》に行《い》くことを考《かんが》えなさい！」

だって（うちの学校《がっこう》は、小中高一貫《しょうちゅうこういっかん》だから、高校受験《こうこうじゅけん》はないの）。

ママって、ほんとうに現実的《げんじつてき》。つまんない、あたりまえのことしかいわない。

パパは、わたしの夢《ゆめ》をちゃんとみとめて、応援《おうえん》してくれてるっていうのになあ。

わたしは、ママの考《かんが》えかたに反対《はんたい》！

ねえ、そう思《おも》わない？

才能《さいのう》があるかないかなんて、やってみなきゃわかんないよね？

それに、まだ中学生《ちゅうがくせい》なんだもん。これからだよね？

もちろん、わたしだって思《おも》うよ。

夢《ゆめ》はあこがれていたり、夢見《ゆめみ》てるだけじゃ実現《じつげん》しないってこと。

ちゃんと努力《どりょく》しなきゃいけないってことも、わかってるつもり。
だからね。まずは、挑戦《ちょうせん》してみることにしたの。
実践《じっせん》あるのみ！
わたしがいつも読《よ》んでいる青《あお》い鳥文庫《とりぶんこ》で、今度《こんど》、作品《さくひん》を募集《ぼしゅう》するんだって。
そのお知《し》らせを見《み》たとき、わたし、ハートが小《こ》おどりしちゃった。
チャーンス！　ってね。
しめきりは、今年《ことし》の八月末《がつまつ》。
もちろん、新人賞《しんじんしょう》をいきなり取《と》れるなんて思《おも》っていないよ。
でも、自分《じぶん》の力《ちから》を試《ため》してみたい。
なにもしないよりは、一歩《いっぽ》は夢《ゆめ》に近《ちか》づけるでしょ？
だから、わたし、はりきっているんだ。
ただいま、小説執筆中《しょうせつしっぴつちゅう》ってわけ。
えへへ。執筆中《しっぴつちゅう》なんて、なんかかっこいいよね？
もう、すでに気分《きぶん》は作家《さっか》よ。

パパも応援《おうえん》してくれているし、本気《ほんき》でがんばっちゃうんだから。

内容《ないよう》はというと、中学校《ちゅうがっこう》が舞台《ぶたい》。

部活《ぶかつ》や友情《ゆうじょう》、受験《じゅけん》、家族《かぞく》。もちろん、恋《こい》の話《はなし》もあり！

そして、もし万《まん》が一《いち》、賞《しょう》が取《と》れてデビューできたら、現役中学生作家誕生《げんえきちゅうがくせいさっかたんじょう》！

な～んてね。

賞金《しょうきん》だって、もらえちゃうし。

それよりなにより、読《よ》んでくれた人《ひと》から、ファンレターなんかも、もらえたりしたら、最高《さいこう》だよね！

もしも、デビューできたら、「あとがき」になにを書《か》くかまで考《かんが》えてあるんだから、わたしってば気《き》がはやい。

人気作家《にんきさっか》になったら、書店《しょてん》ではなばなしくサイン会《かい》なんかもしちゃうんだから。

って、その前《まえ》に原稿《げんこう》をがんばらなくちゃね。

よし、やるぞ～！

わたしが、トーストをかじりながら、決意《けつい》を新《あら》たにしていたら、

「おねえちゃん。はっきりいって、あれじゃ新人賞《しんじんしょう》は無理《むり》だね。」

っていう、冷《ひ》ややかな声《こえ》が聞《き》こえてきた。

そ……その声《こえ》は……。

「礼央《れお》！」

わたしがいきおいよく、となりを向《む》くと、弟《おとうと》の礼央《れお》がフォークを右手《みぎて》でふりながら、えらそうにいいはなった。

「おねえちゃんはさ、どんな話《はなし》が書《か》きたいの？」

「どんなって、みんなを感動《かんどう》させるような話《はなし》が書《か》きたいんだけど。」

「それは、読《よ》んだ人《ひと》の感想《かんそう》でしょ？　そうじゃなくて、どんな内容《ないよう》の本《ほん》かってことだよ。」

「な、内容《ないよう》？」

「そう、プロット。」

「プロット？」

「プロットは、英語《えいご》で、物語《ものがたり》のあらすじのことだよ。」

「ああ、そっか。」

「おねえちゃん、作文《さくぶん》で、5W《ダブリュー》1H《エイチ》って習《なら》ったよね？　いつ、どこで、だれが、なにを、なぜ、どのようにしたか？　ってやつ。あれで説明《せつめい》してみてよ。」

「え？　ええっと、『いつ』は、現代《げんだい》ね。『どこで』は、日本《にほん》の中学校《ちゅうがっこう》。『だれが』は、中《ちゅう》学生《がくせい》の女《おんな》の子《こ》。で、学校生活《がっこうせいかつ》を送《おく》る、ってとこまでしか考《かんが》えてないけど。」

なにを、なぜ、どのように？　う〜ん。そこがむずかしいんじゃない！

「じゃあ、タイトルは？」

「ま、まだだけど。書《か》きあげたら、つけようと思《おも》って。」

「仮《かり》でも、つけといたほうがいいと思《おも》うよ。ほら、小説全体《しょうせつぜんたい》のイメージがわいてくるし、書《か》きやすいんじゃない？」

「そうか〜。」

「で、小説《しょうせつ》の主題《しゅだい》は？　テーマは？」

「え？」

ぎくりとした。

主題《しゅだい》とかテーマとか、そんな大《だい》それたことなんて、考《かんが》えたこともなかった。

ただ、好《す》きに書《か》いてるだけだもん。

「いや、主人公《しゅじんこう》がクラスでいろいろあるっていうだけなんだけど。部活《ぶかつ》したり、友達《ともだち》とケンカしたり、あと恋《こい》もしたり。きゃ。」

「そこ、テレなくていいから！」

「うう。礼央《れお》、きびしい。あのね。ギャグっぽくて、笑《わら》えるところもあるけど、最後《さいご》には泣《な》けて〜みたいな。」

「だから、さ。そういう学園《がくえん》ものって、すでに、い〜っぱいあるでしょ？　おねえちゃんは、特《とく》にどこを大《おお》きなテーマにするかっていうのが、いちばん重要《じゅうよう》なんじゃん。」

「え〜！　テーマって、考《かんが》えなきゃダメ？」

「いや、むずかしく考《かんが》えなくてもいいんだよ。」

礼央《れお》が、キリッとした顔《かお》で、先生《せんせい》みたいにいった。

「つまり、他人《たにん》に説明《せつめい》するときに、『この小説《しょうせつ》はここがいちばんおもしろいところなの！』っていえる、その小説《しょうせつ》のいちばんのウリのことだよ。」

「ええ？」

「ほら、青《あお》い鳥文庫《とりぶんこ》でいえば、新刊《しんかん》にオビがついてるよね？　あそこに書《か》いてあるキャッチフレーズ。セールスポイント。それが、まあ、テーマだと思《おも》えばいい。」

「な、なるほど〜。」

「小説《しょうせつ》って、だれかに読《よ》んでもらうために書《か》いてるんでしょ？」

「できれば。」

「じゃあ、そこは、一口《ひとくち》で説明《せつめい》できるようにしといたほうがいいよ。そもそも、編集《へんしゅう》さんと打《う》ち合《あ》わせするときだって、こういう話《はなし》が書《か》きたいって伝《つた》えられなきゃダメなんだし。」

「は、はい。」

「あとさ、小説《しょうせつ》は出《で》だしが肝心《かんじん》。もっと読者《どくしゃ》を本《ほん》の中《なか》に引《ひ》っぱりこむような書《か》きかたをしなきゃ。」

「え？　ど、どんなふうに？」

「くどくど前置《まえお》きはしないで、一行《ぎょう》めからズバッと本題《ほんだい》に入《はい》らなきゃ。」

「たとえば？」

「『吾輩《わがはい》は猫《ねこ》である。名前《なまえ》はまだ無《な》い。』

ほら、すごくわかりやすいだろ?

『メロスは激怒《げきど》した。』

もう先《さき》が気《き》になってしょうがない。

『山椒魚《さんしょううお》は悲《かな》しんだ。』

なんで? どうして? って先《さき》を読《よ》みたくなる。」

「ほほう。」

「ちなみに、いまのは、夏目漱石《なつめそうせき》の『吾輩《わがはい》は猫《ねこ》である』と、太宰治《だざいおさむ》の『走《はし》れメロス』、それに井伏鱒二《いぶせますじ》の『山椒魚《さんしょううお》』の冒頭《ぼうとう》よ。」

理央《りお》が横《よこ》からつけくわえる。

「それに、おねえちゃんはだいたい小説《しょうせつ》の起承転結《きしょうてんけつ》ってことが、わかってないよね。」

「起承転結《きしょうてんけつ》?」

ってところで、わたし、やっとハッとした。

「ちょ、ちょっと。礼央《れお》! 理央《りお》! もしかして、わたしの原稿《げんこう》を読《よ》んだの?」

「うん、読《よ》んだよ。なに、いまごろ、気《き》がついたの? にぶいよなあ。」

礼央《れお》が、ケロッとした顔《かお》で答《こた》える。

「あんたたち！　わたしの部屋《へや》に勝手《かって》に入《はい》るなって、あれほどいってるのが、まだわかんないの!?　しかも、しかも、また人《ひと》のつくえを引《ひ》っかきまわして！」

わたしがかみつくような大声《おおごえ》をあげると、

「わたしは、あの小説《しょうせつ》、おねえちゃんにしては、まあまあだと思《おも》ったけどな。」

理央《りお》がすました顔《かお》で続《つづ》けた。

「でも、おねえちゃん。漢字《かんじ》のまちがいには気《き》をつけなくちゃ。それに誤字脱字《ごじだつじ》が多《おお》すぎるよ。あれじゃ、どんなに名文《めいぶん》を書《か》いたって、バカだと思《おも》われて落選《らくせん》しちゃうよ。おねえちゃんの場合《ばあい》、基本《きほん》がなってないのよねえ。」

「り、り、理央《りお》！」

かあっ。わたしのほおが、はずかしさと怒《いか》りで真《ま》っ赤《か》になった。

だって、小学《しょうがく》三年《ねん》の妹《いもうと》に字《じ》のまちがいを指摘《してき》されたのよ?

しかも、わたし、これでも、いちおう、作家志望《さっかしぼう》なのに！

この双子《ふたご》、この前《まえ》だって、わたしの日記《にっき》を勝手《かって》に読《よ》んでいたから、ものすごく怒《おこ》って、いまは、日記《にっき》をベッドの下《した》にかくしてるっていうのに。

もう！　この生意気《なまいき》な口《くち》のききかた！

ほんっとにかわいくない！

「礼央《れお》！　理央《りお》！　姉《あね》をバカにするのもいいかげんにしなさい！」

「バカにしてないよ。協力《きょうりょく》してあげるっていってるだけだよ。」

礼央《れお》が不服《ふふく》そうに口《くち》をとがらせた。

「おねえちゃん。どうして、ぼくたちにないしょにするんだよ？　小説《しょうせつ》を書《か》くなら書《か》くで、ぼくたちに相談《そうだん》してくれてもいいじゃないか。」

「そうよ。わたしと礼央《れお》で、ちゃんと漢字《かんじ》もチェックしてあげる！　文章《ぶんしょう》も校閲《こうえつ》してあげる！」

「校閲《こうえつ》？」

「文章《ぶんしょう》のあやまりや不備《ふび》な点《てん》を見《み》つけて、訂正《ていせい》することよ。」

「だいたい、おねえちゃんはわかってないんだよ。ぼくたちがどんなにたよりになる弟《おとうと》と妹《いもうと》かってこと。」

「そうそう。わたしたちをもっと信頼《しんらい》してよ。」

「なんなら、ぼくたちが、かわりに書《か》いてあげたっていいんだからね。」

「ゴーストライターやりまーす！」

「絶対《ぜったい》、受賞《じゅしょう》できちゃうよ！」

だん！　わたしは、コーヒーの入《はい》っているマグカップをテーブルに音《おと》を立《た》てて置《お》くと、さけんだ。

「ほっといて！」

「いや。おねえちゃんは、そそっかしいからほっとけないんだよ。」

「ぼけっとしてるしね。」

「うるさい！　人《ひと》の原稿《げんこう》を勝手《かって》に読《よ》んどいて、なにが信頼《しんらい》してよ！　なにがかわりに書《か》いてあげるよ！」

「おねえちゃん、いま、コーヒー、こぼれたよ。」

「いちいち、むかつくんだよね！　プライバシーの侵害《しんがい》！　いくら、弟《おとうと》と妹《いもうと》でもゆるさないから！」

「おねえちゃん、見《み》られたくないなら、ちゃんと見《み》つからないところにかくしとけばいいのに。」

「そうよ。ベッドの下《した》なんて、どうして、そんなだれでも考《かんが》えつくような場《ば》所《しょ》にかくすのよ。」

「礼《れ》央《お》！　理《り》央《お》！　あんたたち、また、わたしの日《にっ》記《き》を読《よ》んだのね……。」

さあっと、わたしの顔《かお》から血《ち》の気《け》が引《ひ》いていく。

日《にっ》記《き》を人《ひと》に読《よ》まれるくらい、はずかしいことってないじゃないのよ。

わたしがぼうぜんとしていると、礼《れ》央《お》が、ぽかんと開《あ》けてたわたしの口《くち》に、むぎゅ！

いきなり、二《ふた》つ折《お》りにしたトーストをつっこんだ。

「うぐ！」

ぐ。く、苦《くる》しい。息《いき》ができない～！

「おねえちゃんの場合《ばあい》、恋愛《れんあい》モノを書《か》くんなら、まず、彼《かれ》を見《み》つけなくちゃね。」

「そうそう。おねえちゃんの想像力《そうぞうりょく》じゃ、恋愛《れんあい》モノなんて無理《むり》よ。」

「彼氏《かれし》いない歴《れき》十四年《ねん》だもんね。」

「人生《じんせい》とイコール！　きゃははは。」

トーストで口《くち》をいっぱいにしたわたしの顔《かお》を見《み》ながら、礼央《れお》と理央《りお》がものっすごくにくたらしい顔《かお》（他人《たにん》から見《み》たら、とびっきりかわいい顔《かお》）でそういうと、いすから立《た》ちあがり、二人《ふたり》でダイニングから飛《と》びだしていった。

「パパ、ママ、おねえちゃん、学校《がっこう》に行《い》ってきまーす！」

「ちょっと！　礼央《れお》！　理央《りお》！」

わたしは、トーストを口《くち》から取《と》ると、ダイニングを飛《と》びだして、二人《ふたり》を追《お》いかけた。

いつものことなので、パパもママも、まるで気《き》にしてない。

な、な、なんて、生意気《なまいき》なヤツらなの！

もう、ゆるせない！

「待《ま》ちなさい！」

首《くび》ねっこにのばしたわたしの手《て》を、礼央《れお》はするりと軽《かろ》やかにすりぬけて、

「へっへ〜。運動神経《うんどうしんけい》もおねえちゃんよりいいんだもんね〜。」

そういいすてると、風《かぜ》みたいに、玄関《げんかん》から飛《と》びだしていってしまった。

わたし、もうぼうぜん。

そして、がくりと玄関《げんかん》にひざをついた。

うわ～ん。不覚《ふかく》！　また日記《にっき》を読《よ》まれた！

小説《しょうせつ》まで読《よ》まれた！

そう。このものっすごくにくたらしいのが、宮永礼央《みやながれお》と理央《りお》。

正真正銘《しょうしんしょうめい》、わたしの弟《おとうと》と妹《いもうと》です。

この小悪魔《こあくま》の双子《ふたご》は、じつは、世間《せけん》でもちょっとした有名人《ゆうめいじん》。

というのも、二人《ふたり》ともおどろくべきＩＱ《アイキュー》の高《たか》さをほこっている、天才少年少女《てんさいしょうねんしょうじょ》だから。

だいたい、小学校《しょうがっこう》に入学《にゅうがく》したときの学力《がくりょく》テストで、先生《せんせい》たちの度肝《どぎも》をぬいちゃったらしいんだ。

礼央《れお》も理央《りお》もすごく優秀《ゆうしゅう》で、生意気《なまいき》にも、わたしの数学《すうがく》の問題《もんだい》も解《と》いちゃうし、わたしが苦手《にがて》な古典《こてん》も平気《へいき》で読解《どっかい》したりするんだよ。

生《う》まれたときから、なんかあやしいとは思《おも》ってた。

二人《ふたり》とも、歩《ある》きはじめるのもすごくはやかったたし、幼稚園《ようちえん》に入《はい》る前《まえ》から、漢字《かんじ》を落書《らくが》きしてたし。

あまりにすごい天才《てんさい》ぶりなんで、有名《ゆうめい》な大学《だいがく》の教授《きょうじゅ》が、礼央《れお》と理央《りお》のことを調《しら》べに来《き》たこともあるくらい。

テレビや雑誌《ざっし》の取材《しゅざい》も多《おお》いの。

ママは、そういうはでなことが好《す》きだから、大《おお》よろこび。

もう大《だい》じまんの双子《ふたご》ちゃんなわけ。

くやしいことに、顔《かお》だって、すっごくかわいいし。

だから、ママはもう、ごくふつうの、平凡《へいぼん》な中学生《ちゅうがくせい》のわたしのことなんか眼中《がんちゅう》にない。

パパは、このとおり、の～んびり、おっとりしてる性格《せいかく》だから、自分《じぶん》の子《こ》どもが天才《てんさい》だっていう事態《じたい》の重要《じゅうよう》さを、ぜんぜん、わかってないみたいだし……。

とにかく！

あの双子《ふたご》は、中学生《ちゅうがくせい》のわたしより、じつにいろんなことをよく知《し》っていて、かしこくて、ゆえに、あんなにくらしい口《くち》ばかりたたいてるってわけなの。

姉《あね》の立場《たちば》な～い。しょぼ～ん。

あの双子《ふたご》、どんな大人《おとな》になるのか、末《すえ》おそろしいわ。

パパもママもわたしもふつうなのに。

宮永家《みやながけ》の家系《かけい》には、天才《てんさい》なんか一人《ひとり》もいないのに。

いったい、どんなまちがいで、こんな平凡《へいぼん》な一家《いっか》に、あんな天才《てんさい》の双子《ふたご》が生《う》まれちゃったんだろ？

はっ！　ママ、まさか、浮気《うわき》なんかしてないよね？　わたし、かんぐっちゃうよ。

それにしても、なにが、起承転結《きしょうてんけつ》よ！

彼《かれ》を見《み》つけろよ！

想像力《そうぞうりょく》じゃ、恋愛《れんあい》モノは無理《むり》だって！

どうせ、わたしは、中学《ちゅうがく》二年生《ねんせい》になっても、彼《かれ》の一人《ひとり》もいませんよ。

生《う》まれてこのかた、男《おとこ》の子《こ》とつきあったこともありませんよ！

好《す》きな人《ひと》もいませんよ！

初恋《はつこい》もまだですよ！

「はあ〜。」

わたし、深《ふか》いため息《いき》をついちゃった。

テーマ。セールスポイント。起承転結《きしょうてんけつ》。最初《さいしょ》の一文《いちぶん》。漢字《かんじ》のまちがい。校閲《こうえつ》。

ううう。たしかに、双子《ふたご》のいってることは、一理《いちり》ある。

急《きゅう》に、心《こころ》の中《なか》に不安《ふあん》がしのびよってくる。

やっぱり、わたしじゃ、小説《しょうせつ》は無理《むり》なのかな？

それに、学園恋愛《がくえんれんあい》モノなんて書《か》けないのかな。

なさけない。

わたし、双子《ふたご》にいわれたことを相当《そうとう》に気《き》にしながら、とぼとぼと学校《がっこう》までの道《みち》を歩《ある》いていたんだ。

でも、これから、その学校《がっこう》で、それ以上《いじょう》に、もっととんでもない事件《じけん》が起《お》こるってことを、わたしはそのとき、知《し》らなかったんだよね。

わたし、宮永未央《みやながみお》の、家《いえ》での天敵《てんてき》は、あの生意気《なまいき》な天才双子《てんさいふたご》。

そして、学校《がっこう》での天敵《てんてき》は、いちばんのなやみの種《たね》は、クラス一《いち》の美少女《びしょうじょ》なの！

2 ウソカレ

だいたい、小学校《しょうがっこう》から女子校《じょしこう》になんか通《かよ》ってるから、彼《かれ》ができないんだ。

やっぱり、共学《きょうがく》にすればよかった。失敗《しっぱい》したなあ。

わたしが通《かよ》っているのは、小中高一貫《しょうちゅうこういっかん》のキリスト教系女子校《きょうけいじょしこう》。

世間《せけん》では、お嬢《じょう》さま学校《がっこう》なんていわれてて、たしかに、お金持《かねも》ちの子《こ》も多《おお》いけど、わたしは、お嬢《じょう》さまでも、セレブでもないよ。

たまたま、うちの近所《きんじょ》で通《かよ》いやすいからってことで、パパががんばって（いや、ママが見栄《みえ》をはって？）、入学《にゅうがく》させてくれたんだよね。

でも、高校《こうこう》にはエスカレーター式《しき》に上《あ》がれるから、高校受験《こうこうじゅけん》がない。

だから、趣味《しゅみ》の小説書《しょうせつか》きに没頭《ぼっとう》できるので、ありがたいんだけどね。

う〜ん。でも、最初《さいしょ》から書《か》きなおしだ。

双子《ふたご》にいわれたことを気《き》にしながら、教室《きょうしつ》の引《ひ》き戸《ど》を開《あ》ける。

そしたら、
ざわっ！

わたしが教室《きょうしつ》に足《あし》をふみいれるなり、どよめきが起《お》こって、みんなの視線《しせん》が、いっせいにわたしに集中《しゅうちゅう》した。

え？　な、なに？

やだ。わたし、変《へん》なかっこうしてないよね？

思《おも》わず、制服《せいふく》を点検《てんけん》しちゃう。

な、なんで、みんな、わたしのこと見《み》てるわけ？

スカート、ちゃんとはいてるよね？

なんて、バカなことを考《かんが》えていたら、親友《しんゆう》の琴乃《ことの》が血相《けっそう》を変《か》えて飛《と》んできた。

「未央《みお》！　大変《たいへん》よ！」

「え？」

「ゆ、由里亜《ゆりあ》がね。未央《みお》の落《お》としたノートを拾《ひろ》ったんだって！」

「え？　由里亜《ゆりあ》が？」

由里亜《ゆりあ》って名前《なまえ》を聞《き》いただけで、すでに、いやな予感《よかん》がする。

「それでね。未央《みお》のノート、由里亜《ゆりあ》がみんなに回覧《かいらん》しちゃったのよ。」

「みんなって、クラスじゅう？」

「そうよ！」

でも、わたし、ノートなんか落《お》としたっけ？

「ノートって？」

「理科《りか》のノートよ！　思《おも》いあたることないの!?」

「理科《りか》のノート？　なんで、ノートを落《お》としたからって……！」

ハッとした。

「きゃ〜！」

わたしの口《くち》から、悲鳴《ひめい》といっしょに心臓《しんぞう》が飛《と》びだしそうになった。

思《おも》いあたっちゃった。

はげしく思《おも》いあたっちゃったよ～！

そ、そうだ。わたし、理科《りか》のノートに！

血《ち》が頭《あたま》に上《のぼ》って、はずかしさで、顔《かお》が真《ま》っ赤《か》になるのが自分《じぶん》でわかった。

そう。わたし、昨日《きのう》の理科《りか》の時間《じかん》、あまりにも授業《じゅぎょう》がたいくつだったもんだから、ノートのはしっこに小説《しょうせつ》のアイディアを書《か》きとめていたんだよね。

だって、やっぱり書《か》くなら、主人公《しゅじんこう》の初恋《はつこい》を入《い》れたいじゃない。

主人公《しゅじんこう》の女《おんな》の子《こ》が、好《す》きな男《おとこ》の子《こ》とのデートを想像《そうぞう》している、超《ちょう》ロマンティックなモノローグ。

というか、わたしの恋《こい》の妄想《もうそう》が爆発《ばくはつ》した、超超《ちょうちょう》はずかしいポエム!!

た、たしか、こんなふう。

今度《こんど》のデートは、花屋《はなや》さんに連《つ》れていって。

そして、わたしに花束《はなたば》をプレゼントしてね。

白《しろ》いチューリップ。

ピンクのガーベラ。

ブルーのデルフィニウム。

黄色《きいろ》い向日葵《ひまわり》。

わたしの好《す》きな花《はな》、ちゃんと覚《おぼ》えてくれている？

そして、花束《はなたば》には、もちろん、リボンもわすれないでね。

そしたら、わたし、次《つぎ》のデートには、そのリボンを髪《かみ》に結《むす》んでいくから。

そしたら、真《ま》っ先《さき》に気《き》がついて、そして、いってね。

「とってもよく似合《にあ》うよ。」って。


ぎゃ〜！　あれを読《よ》まれちゃったの？

しかも、由里亜《ゆりあ》とクラスのみんなに？

サイテーすぎる。

書《か》いたときはわりといいんじゃない？　なんて、自己満足《じこまんぞく》にひたっていたけれど、まだ、人《ひと》に見《み》せられる段階《だんかい》じゃない！

はずかしい！　穴《あな》があったら、いますぐ飛《と》びこみたい！　ダイブしたい！

あ、悪夢《あくむ》だ！

「琴乃《ことの》……。」

「それで、どうやら、未央《みお》に彼氏《かれし》ができたらしいって、大《おお》さわぎになっちゃってて。」

「へ？　彼氏《かれし》？」

うちは、小学校《しょうがっこう》から女子校《じょしこう》だから、だれそれに彼《かれ》がいるとか、好《す》きな人《ひと》がいるとか、恋《こい》バナには、みんながすごく敏感《びんかん》なんだよね。

琴乃《ことの》がわたしの耳《みみ》にささやいた。

「あれって、小説《しょうせつ》のネタなんでしょ？」

「そうに決《き》まってるじゃない！　なんで、そんな話《はなし》になっちゃうのよお。」

それで、わたし、みんなの大注目《だいちゅうもく》を浴《あ》びてるんだ。

でも、どうしよう。

わたし、どんな言《い》いわけしたらいいんだろう。

小説《しょうせつ》を書《か》いてるなんて、クラスで琴乃《ことの》以外《いがい》はだれも知《し》らないし、あんな乙女《おとめ》なことを、わたしがノートに書《か》いてるなんて意外《いがい》すぎるよね？

そりゃあ、ついに彼氏《かれし》ができたか！　って、話題《わだい》にもなるか。

みんなは、

「未央《みお》って、男《おとこ》の子《こ》に興味《きょうみ》ないよね。」

って、いっつも、つまんなそうにいってたから。

興味《きょうみ》がないわけじゃなくて、生《う》まれてこのかた十四年間《ねんかん》、好《す》きになれる男子《だんし》にめぐりあえてないだけなんだけど。

まずいなあ。どうやって言《い》いわけしよう。

クラスのみんなの好奇《こうき》の視線《しせん》が、グサグサ、つきささってくる。

ニヤニヤ、笑《わら》ってる子《こ》もいるよ。

うわ～ん。どうしよう？

小説《しょうせつ》を書《か》いてるなんて、はずかしくていえない。

うう、これは、由里亜《ゆりあ》の陰謀《いんぼう》だ！

わたしがうつむいていると、

「未央《みお》。おはよう。」

ハスキーな声《こえ》がして、顔《かお》を上《あ》げると、このさわぎの張本人《ちょうほんにん》、そう、北村由里亜《きたむらゆりあ》が意地悪《いじわる》そうなほほえみをうかべて、わたしの前《まえ》に立《た》っていたんだ。

琴乃《ことの》が心配《しんぱい》そうに、わたしの制服《せいふく》の腕《うで》をぎゅっとにぎりしめる。

そう。わたしの学校《がっこう》での天敵《てんてき》は、この由里亜《ゆりあ》なの。

ツンと高《たか》い鼻《はな》に切《き》れ長《なが》の目《め》のクールな美人《びじん》。

くやしいことに、スタイルもよくて、おまけに、本人自身《ほんにんじしん》がそのことをよ〜くわかってる。

しかも、正真正銘《しょうしんしょうめい》のお金持《かねも》ちのお嬢《じょう》さま。

そのうえ、最悪《さいあく》なことに、由里亜《ゆりあ》のパパは、うちのパパが勤《つと》めている貿易会社《ぼうえきがいしゃ》の社長《しゃちょう》さんなんだよね。

由里亜《ゆりあ》とは、小学校《しょうがっこう》からいっしょで、しかも、小《しょう》一から中《ちゅう》二まで、ずうっと同《おな》じクラスというくされ縁《えん》。

この世《よ》には、神《かみ》も仏《ほとけ》もいないみたい。毎年《まいとし》、クラスがえのたびに、天《てん》をあおいで絶望《ぜつぼう》し

理科

ちゃってる。

だって、由里亜《ゆりあ》はなにかにつけて、わたしのことを見《み》くだすんだもん。

「未央《みお》のパパは、うちのパパの会社《かいしゃ》の平社員《ひらしゃいん》なのよね〜。」

って。

わたしは、そんなの無視《むし》して、相手《あいて》にしないようにしてたんだけど、そんなわたしの態《たい》度《ど》が最近《さいきん》ますます気《き》に入《い》らないみたい。

由里亜《ゆりあ》は美人《びじん》だし、お金持《かねも》ちだから、とりまきの子《こ》がけっこういるんだよね。

だって、由里亜《ゆりあ》とつきあってると、なにかと「おトク」なことが多《おお》いもん。

由里亜《ゆりあ》の家《いえ》の別荘《べっそう》に招待《しょうたい》してもらえたり、海外旅行《かいがいりょこう》のおみやげがもらえたり。

そりゃあ、そんな子《こ》たちといっしょになって、由里亜《ゆりあ》のことをちやほやしてたら、意地《いじ》悪《わる》なんかいわれずにすんだと思《おも》うよ。

でも、わたし、そんなちっぽけなことのために、意地悪《いじわる》な由里亜《ゆりあ》のごきげんを取《と》るなんて、絶対《ぜったい》にイヤ！

わたしにだって、プライドっていうものがあるんだからね。

「未央《みお》。あなたのノート、わたしが拾《ひろ》ってあげたのよ。」

由里亜《ゆりあ》がくちびるの片《かた》はしを上《あ》げて、わたしにそういった。

ぐ。わたし、言葉《ことば》につまったけど、冷静《れいせい》に冷静《れいせい》にって、自分《じぶん》にいい聞《き》かせる。

「でも、未央《みお》もやるわよね。理科室《りかしつ》のつくえの上《うえ》に読《よ》んでくださいといわんばかりに置《お》いていくんだもの。あなた、あれをみんなに読《よ》んでほしくて、わざと置《お》いていったんでしょう？」

ムカッ。そんなわけないでしょ！

でも、ダメだよ。

ここで、由里亜《ゆりあ》の挑発《ちょうはつ》に乗《の》ったら、ダメ。

それこそ、相手《あいて》の思《おも》うツボなんだから。

「ねえ、ノートを返《かえ》してくれない？」

「その前《まえ》に、デートがどうこう書《か》いてあったけど、彼氏《かれし》でもできたの？」

「由里亜《ゆりあ》に関係《かんけい》ないでしょ？」

気持《きも》ちをおし殺《ころ》して、そう答《こた》えるのがせいいっぱい。

小説《しょうせつ》の下書《したが》きなんていったら、とんでもなくイヤミをいわれそうだもん。

『へ〜。あなたが小説家志望《しょうせつかしぼう》なの？　笑《わら》わせるわー。わたし、あなたより、国語《こくご》の成績《せいせき》がいいんだけど。』

そういわれるに決《き》まってる。

「由里亜《ゆりあ》。かわいそうよ。そんなこといっちゃ。」

とりまきの一人《ひとり》が声《こえ》をあげる。

「ただのポエムなんだから。」

「彼《かれ》ができたなんて、妄想《もうそう》に決《き》まってるでしょ？」

「未央《みお》に彼氏《かれし》なんか、できるわけないじゃない。」

「それもそうよね。未央《みお》のこと好《す》きになるような、もの好《ず》きな男子《だんし》なんかいないわよねえ。」

それ、どういう意味《いみ》よ！

「男《おとこ》に興味《きょうみ》ないっていっときながら、あんなダサいポエムなんか書《か》いちゃって。」

「ほんとうは、彼氏《かれし》がほしくてしょうがないんじゃない？」

「デートも、一度《いちど》もしたことないんだもん。かわいそうにねえ。」

「ほんとはずかしい。」

みんなでわたしのこと、せせら笑《わら》ってるんだよ。

グサグサグサ。全部《ぜんぶ》の言葉《ことば》がトゲになって、ハートにつきささってくる。

「未央《みお》。由里亜《ゆりあ》に新《あたら》しい彼《かれ》ができたの知《し》ってる？」

へえ、また？　これで、何人《なんにん》めよ？

「高校生《こうこうせい》なんだよ。しかも、超名門《ちょうめいもん》の私立聖冷学院《しりつせいれいがくいん》。」

へえ。それがどうした、男《おとこ》は学歴《がくれき》じゃないぞ！

「で、背《せ》も高《たか》くて、顔《かお》もイケメンなの！」

男《おとこ》は顔《かお》じゃないやい！

「さっすが、由里亜《ゆりあ》よね。未央《みお》とは大《おお》ちがい。」

「はい。じゃ、これ、とにかく返《かえ》してあげる。」

由里亜《ゆりあ》がそういって、わたしにノートをさしだしたから、わたしはひったくるようにして、うばいかえす。

「なによ。らんぼうねえ。拾《ひろ》ってあげたのに。ありがとうくらいいえないの？」

みんなに回覧《かいらん》しておいて？

お礼《れい》をいえって？

「なによ。にらんじゃって。こわいんだあ。育《そだ》ちが悪《わる》い人《ひと》はこれだから。」

「それどういう意味《いみ》？」

「うちのパパがいってたわ。未央《みお》のパパって、すご〜く気《き》がきかないんですってね。」

由里亜《ゆりあ》の言葉《ことば》に、それまでがまんしていたものが、全部《ぜんぶ》、爆発《ばくはつ》して、かあっと頭《あたま》の中《なか》が一瞬《いっしゅん》にして沸騰《ふっとう》していく。

わたしだけじゃなく、パパの悪口《わるくち》？

「パパのこと、悪《わる》くいうのはやめてよ！　関係《かんけい》ないでしょ！」

パパは、わたしのパパは、最高《さいこう》にすてきなんだから！

なにも知《し》らないくせに！

「パパの悪口《わるくち》だけは絶対《ぜったい》にゆるさない。」

わたしは、由里亜《ゆりあ》をにらみつける。

わたしの強《つよ》い態度《たいど》に由里亜《ゆりあ》は一瞬《いっしゅん》、ひるんだけど、でも、すぐに態勢《たいせい》を整《ととの》えなおすと、こういいすてた。

「なによ。こわいわねえ。ほんとうのことをいわれたからって！」

とりまきたちも、いっせいに援護射撃《えんごしゃげき》する。

「未央《みお》ってばこわ〜い。」

「くやしいんじゃない？　由里亜《ゆりあ》に高校生《こうこうせい》の彼《かれ》がいるって知《し》って。」

「あ〜、そうかもね。」

「やあねえ。自分《じぶん》に彼《かれ》ができないからって、ひがんじゃって。」

みんなの言葉《ことば》に、わたしの怒《いか》りは頂点《ちょうてん》に達《たっ》して、気《き》がついたときには、

「わ、わたしだって、彼《かれ》くらいいるんだから！」

そう、さけんでいた。

「え？」

「未央《みお》に？」

「ウッソー！」

みんなのうたがいの目《め》がわたしに向《む》けられる。

「いつからよ？」

「聞《き》いたことないけど？」

うわ～ん、しまった！

「あ、えと。まだ、つい最近《さいきん》だもん。」

「へえ、どんな人《ひと》よ？」

「あ、すごくやさしくて、物知《ものし》りでいろいろ教《おし》えてくれて。年上《としうえ》で。」

あれ？　これ、いま、書《か》いてる小説《しょうせつ》に出《で》てくる男《おとこ》の子《こ》のキャラだ！

だって、男《おとこ》の子《こ》の知《し》り合《あ》いって、ほとんどいないんだもん！

「へえ、で？　花束《はなたば》なんか買《か》ってくれちゃうわけ？」

みんな、ニヤニヤしてる。ムカッ。

「もちろん、かっこいいんでしょうね？」

「そんな話《はなし》、はじめて聞《き》いたわ。」

「で、どこの学校《がっこう》？」

「え。」

わたしはいいよどむ。ど、どうしよう。

「名前《なまえ》は？」

「そ、それは。」

「じゃあ、いいこと思《おも》いついたわ！」

由里亜《ゆりあ》の目《め》が意地悪《いじわる》く光《ひか》った。

「うちのパパの会社《かいしゃ》で、毎年《まいとし》、五月《がつ》に盛大《せいだい》なパーティーをするの知《し》ってるでしょ？」

「あ、えと。会社《かいしゃ》の創業記念日《そうぎょうきねんび》だよね。」

わたしはしどろもどろで答《こた》える。

「そう、五月十日《がっとおか》。それに、今年《ことし》は特別《とくべつ》にあなたを招待《しょうたい》してあげる。」

「え？」

「あなたとその彼《かれ》をね。」

「えええ！」

「だから、未央《みお》、うんとおしゃれしてきてちょうだい。わたし、楽《たの》しみにしているわ。」

由里亜《ゆりあ》の言葉《ことば》に、まわりからどっと歓声《かんせい》があがる。

「わあ、それいい！」

「さっすが由里亜《ゆりあ》！」

「ねえ、わたしたちも行《い》ってもいい？」

「もちろん、いいわよ。みんなを招待《しょうたい》してあげる。」

「きゃ〜！」

みんながまた歓声《かんせい》をあげる。

「ねえ、ホテルのバンケットルームを貸《か》しきってやるんでしょう？」

「そうよ。みんな、そのとき、未央《みお》のすてきな彼《かれ》を紹介《しょうかい》してもらいましょうよ。」

「わあ、楽《たの》しみ〜！」

みんなが盛《も》りあがっている中《なか》、

「未央《みお》……。」

心配《しんぱい》そうに、琴乃《ことの》がわたしの制服《せいふく》を引《ひ》っぱる。

そして、興奮《こうふん》していた、わたしの頭《あたま》がだんだんと冷《さ》めていったんだ。

まずい。
わたしってば、頭《あたま》に血《ち》が上《のぼ》って、とんでもないこといっちゃった。
どうしよう。彼《かれ》なんかいないのに。
一気《いっき》に、顔《かお》から血《ち》の気《け》が引《ひ》いていくのが、自分《じぶん》でわかった。
きゃ～！　わたし、どうしよう！
なんで、こんなことになっちゃったのよ～！

3

名《めい》案《あん》が思《おも》いつかない！

「ねえ、未央《みお》、いったいどうするつもり？」

学校帰《がっこうがえ》りにより道《みち》したドーナツ屋《や》さんで、琴乃《ことの》が心配《しんぱい》そうに、わたしにきいてきた。

「まずい。まずいよ〜。」

うう。神《かみ》さま。マリアさま。

ウソなんか、ついてごめんなさい。

放課後《ほうかご》、思《おも》わず、礼拝堂《れいはいどう》でざんげしてきちゃった。

でもね。わたし、ずっとずっと、由里亜《ゆりあ》たちには、しいたげられてきたんだもん。

いじめられてきたんだもん。バカにされてきたんだもん。

たまには反論《はんろん》だってしたいよ！

「どうしよう。」

紅茶《こうちゃ》を飲《の》みながら、天井《てんじょう》を見上《みあ》げる。

「いっしょに行《い》ってくれる男《おとこ》の子《こ》のアテでもあるの？」

「あるわけないじゃない。ねえ、琴乃《ことの》、だれかいない？」

「いたら、とっくに紹介《しょうかい》してるよ！」

「わ〜ん。だけど、このままじゃくやしいよ〜！　なんとか、由里亜《ゆりあ》を見返《みかえ》してやりたい！」

「だよね。わたしも協力《きょうりょく》するから、がんばろう！」

「ううううう。」

「去年《きょねん》のクリスマス・ページェントでも由里亜《ゆりあ》はマリアさま役《やく》で、わたしたちは、その他《た》大勢《おおぜい》の羊役《ひつじやく》だったよね。でも、羊《ひつじ》にだって、ちゃんと心《こころ》とプライドが、それぞれ、あるんだからね。」

「うん。うん。そうだよね。」

「わたしもいろんなとこ、あたってみる。とにかく、彼《かれ》のふりして、いっしょにパーティーに行《い》ってくれる男《おとこ》の子《こ》をさがせばいいんでしょ？」

「ありがとう。友情《ゆうじょう》を感《かん》じるよ〜！」

わたしと琴乃《ことの》は手《て》をにぎりあって、二人《ふたり》ではげましあったの。

けど、ずっと女子校育《じょしこうそだ》ちのわたしたち、そうかんたんにすてき男子《だんし》が見《み》つかるわけがないんだよね……。

それに、だれでもいいってわけじゃない。

由里亜《ゆりあ》をくやしがらせるレベルの男《おとこ》の子《こ》じゃなきゃいけないんだから。

ああ、ハードルが高《たか》すぎる！


自分《じぶん》の部屋《へや》のつくえの前《まえ》。

はってあるカレンダーをなんども見《み》ては、ため息《いき》をついた。

未央《みお》。なんど見《み》たって変《か》わらないよ。

五月十日《がつとおか》。会社《かいしゃ》の創業記念《そうぎょうきねん》パーティーまで、あと二週間《しゅうかん》しかない。十四日《か》しかない。

どうしよう？

わたしってば、由里亜《ゆりあ》の挑発《ちょうはつ》にのって、あんなことというんじゃなかった。

いまになって、はげしく後悔《こうかい》してる。

でも、でも、絶対《ぜったい》にパーティーは欠席《けっせき》できない。

欠席《けっせき》したら、それこそ、この先《さき》、なにをいわれるかわからない。

小学一年生《しょうがくねんせい》のときから中二《ちゅう》のいままで、ずうっとわたしをバカにして、意地悪《いじわる》してきた由里亜《ゆりあ》を見返《みかえ》してやりたいよ〜！

由里亜《ゆりあ》の彼《かれ》より、もっとすてきな男《おとこ》の子《こ》といっしょにパーティーに行《い》って、くやしがる顔《かお》を一度《いちど》でいいから見《み》てみたいよ〜！

でも、どこにいるの、そんな男《おとこ》の子《こ》？

いない。無理《むり》だ。

でも！　ハッとひらめいた。

そうだ！　こんなことを相談《そうだん》できる人《ひと》は、この世《よ》にたった一人《ひとり》しかいない！

そう。

それは、パパよ！

「おねえちゃん。なに、頭《あたま》をかかえてんの？」

「なやみごとなら、わたしたちに相談《そうだん》してよ。」

その声《こえ》に、ハッとわたしがふりむくと、いつのまにか礼央《れお》と理央《りお》が、ぬいぐるみみたいに、わたしのベッドの上《うえ》にちょこんと二人《ふたり》ならんですわっていた。

ひえええええ。びっくりした～！　忍者《にんじゃ》か！

「あんたたち、いったい、いつ入《はい》ってきたのよ？」

「ずいぶん前《まえ》から。」

「なら、声《こえ》くらいかけなさい！」

「だって、おねえちゃん、さっきから、ようすがおかしいんだもん。」

「カレンダーを見《み》ては、ため息《いき》をついてるし。」

礼央《れお》と理央《りお》が、心《こころ》の中《なか》を見《み》すかすような瞳《ひとみ》で、わたしを見《み》つめてくる。

「おねえちゃんのことだから、なにか、とんでもない失敗《しっぱい》でもしたんじゃないの？」

「単《たん》におやつの食《た》べすぎで、おなかがいたいのかも？」

「キャハハ。それって、ありうる！」

「大食《おおぐ》いだもんね。」

「うるさい。うるさい。うるさ〜い！」

わたし、つい大声《おおごえ》を出《だ》しちゃう。

「人《ひと》が真剣《しんけん》になやんでるっていうのに！」

「だから、なんのなやみ？」

「う。」

いえない。さすがに彼《かれ》がいるってウソついたなんて、弟《おとうと》と妹《いもうと》にはいえないわ〜。

「しょ、小説《しょうせつ》のことよ。」

「へえ？」

二人《ふたり》が顔《かお》を見合《みあ》わせて、ニヤリと笑《わら》った。

「なにがなやみなわけ？」

礼央《れお》がきいてくる。

「相談《そうだん》に乗《の》るけど？」

「あ、あんたたちにダメ出《だ》しされたから、イチから書《か》きなおすことにしたのよ。」

「うん、で、どんな話《はなし》にするつもり？」

「そ、それがね。」

わたしは考《かんが》えながらいった。

「……クラスでいつもバカにされてる中学生《ちゅうがくせい》の女《おんな》の子《こ》がね、つい、見栄《みえ》をはって、クラスメイトに彼《かれ》がいるってウソをついちゃうって話《はなし》なんか、どうかなあって。」

「あ、それ、いい！」

理央《りお》が即答《そくとう》した。

「え？　ほんと？」

「うん。彼《かれ》がいない子《こ》の話《はなし》なら、おねえちゃんでも書《か》けるよね！」

「悪《わる》かったね！」

「そうそう。自分《じぶん》に近《ちか》い主人公《しゅじんこう》のほうが感情移入《かんじょういにゅう》しやすいから、初心者《しょしんしゃ》は書《か》きやすいはず。まずは、身近《みぢか》なことをネタにするべき。」

礼央《れお》が冷静《れいせい》にいう。

でも、ほんとうに、これを小説《しょうせつ》にしちゃおうかな。

すっごく感情移入《かんじょういにゅう》して書《か》けると思《おも》う。

このくやしさとか、怒《いか》りとかあせりとか、自己嫌悪《じこけんお》とか、全部《ぜんぶ》。

そうか。どんな経験《けいけん》も小説《しょうせつ》のネタになると思《おも》えば、怒《いか》りも多少《たしょう》、おさまるね。

でも、この先《さき》は、いったいどうなるんだろう？

「でもさあ、この先《さき》の展開《てんかい》がね。思《おも》いつかないのよね。」

「おねえちゃん、ストーリーで大事《だいじ》なのは意外性《いがいせい》だよ。」

礼央《れお》がいう。

「意外性《いがいせい》？」

「そう。こうなるだろうっていう読者《どくしゃ》の期待《きたい》をいい意味《いみ》で裏切《うらぎ》って、先《さき》が気《き》になるようにして、ページをめくらせなきゃね。」

「ふうん。たとえば？」

「主人公《しゅじんこう》は、そのウソカレを、みんなに紹介《しょうかい》するって約束《やくそく》しちゃうんだ。」

ぎくっ。

「で、なやんでいると、ある日《ひ》、通学途中《つうがくとちゅう》の地下鉄《ちかてつ》の車内《しゃない》で、自分《じぶん》の理想《りそう》にぴったりの男《おとこ》の子《こ》を見《み》つけてしまう。」

「え？　それで、それで？」

「あんな男《おとこ》の子《こ》をみんなに紹介《しょうかい》したら、みんなが主人公《しゅじんこう》を見直《みなお》すだろうなっていうくらい、完《かん》ぺきな男《おとこ》の子《こ》。で、主人公《しゅじんこう》がじいっと見《み》てると、その男《おとこ》の子《こ》と目《め》があう。」

「わ！」

「そして、なんと、駅《えき》のホームにおりたら、その男《おとこ》の子《こ》から声《こえ》をかけられる！」

「きゃ～！　でも、どうして？」

理央《りお》が口《くち》をはさむ。

「『じつは、ぼくは、きみの妹《いもうと》さんのことがずっと好《す》きでした。』」

「え～～！　それ、やばいでしょ！　小《しょう》三の妹《いもうと》を好《す》きって！」

わたしが思《おも》わずいうと、理央《りお》がニヤリと笑《わら》った。

「あらあ、これ、小説《しょうせつ》の中《なか》の話《はなし》よ。小説《しょうせつ》の中《なか》では、妹《いもうと》は一つ下《した》の中学生《ちゅうがくせい》の設定《せってい》よ。」

「あ！」

「きゃっ。ひっかかった！　やっぱり実話《じつわ》なんだ！」

「おねえちゃん、そんなこと、約束《やくそく》しちゃったの!?」

双子《ふたご》が声《こえ》をそろえてさけぶ。

「まさか！　ちがうってば、ほんとうに小説《しょうせつ》だってば！　そんなバカなこと、いくらわたしでも、するわけないじゃない！」

「だよねえ。」

「いくら、おねえちゃんでもねえ。」

ううう。そういわれるとつらいわ。

「もう、とにかく、出《で》てってよ！」

「え？　もっと小説《しょうせつ》の話《はなし》をしようよ！」

二人《ふたり》が身《み》を乗《の》りだしてくる。

「もういい。ありがと。」

わたしは無言《むごん》で、双子《ふたご》の首《くび》ねっこをむんずとつかむと力《ちから》まかせにろうかに放《ほう》りだして、バタン！　ドアをしめて、ガチャリ、鍵《かぎ》をかけた。

「いたい！」

「おねえちゃん、ひど～い！」

「暴力反対《ぼうりょくはんたい》！」

双子《ふたご》が、ドアをドンドンたたいてるけど、完全《かんぜん》、無視《むし》！

ひゃ～、あせった。

つい、口《くち》をすべらせちゃった。

あいつらにかんづかれちゃまずいわ。

とんでもないさわぎになっちゃう。

とにかく、だれにもないしょでパパに相談《そうだん》しなくちゃ。

もうたよれるのは、パパだけ！


「ねえ、パパ？」

夕《ゆう》ご飯《はん》のあと、リビングでテレビに夢中《むちゅう》になっている双子《ふたご》を確認《かくにん》してから、わたしは、そっとパパに近《ちか》よった。

パパがわたしの気配《けはい》に気《き》がついて、読《よ》んでいた本《ほん》から、ふっと顔《かお》を上《あ》げる。

「しー。」

わたしは人差《ひとさ》し指《ゆび》を口《くち》もとに立《た》てて、声《こえ》をひそめて、パパに合図《あいず》する。

「パパ、双子《ふたご》に気《き》づかれないように、わたしの部屋《へや》に来《き》て。」

わたしが小声《こごえ》でそういうと、パパがうなずいて、

「あとで行《い》く。」

そう返事《へんじ》をしてくれた。

わたしは階段《かいだん》をしのび足《あし》で上《のぼ》ると、二階《かい》の自分《じぶん》の部屋《へや》に入《はい》った。

そして、しばらくしてから、パパがわたしの部屋《へや》のドアを開《あ》けた。

「双子《ふたご》は？」

「テレビに夢中《むちゅう》だよ。」

「なんの番組《ばんぐみ》？」

「『人工知能《じんこうちのう》の進化《しんか》。そのリスクと未来《みらい》』特集《とくしゅう》。」

あ、頭《あたま》がいたくなってきた。

「あのね。パパに相談《そうだん》があるの。双子《ふたご》には絶対《ぜったい》にないしょね。」

「うん。わかってるよ。」

パパが笑《わら》いながらうなずくと、ベッドにこしを下《お》ろした。

「話《はなし》ってなんだい？　小説《しょうせつ》のことかな？」

「ちがうけど。でも、小説《しょうせつ》は、むずかしい。うまく書《か》けないや。」

「あたりまえじゃないか。はじめての作品《さくひん》から、完《かん》ぺきに書《か》ける人《ひと》なんかいないよ。たくさん書《か》けば書《か》くほど、文章《ぶんしょう》は上達《じょうたつ》するんだ。」

「パパもそうだった？」

「そうだよ。あたりまえだろ？」

「それでね。わたしの小説《しょうせつ》の主人公《しゅじんこう》は、取《と》り柄《え》のないふつうの女《おんな》の子《こ》なの。そんな主人公《しゅじんこう》でおもしろいのかなって、だんだん心配《しんぱい》になってきちゃって。」

「へえ？」

「双子《ふたご》みたいな天才《てんさい》とか、魔法《まほう》が使《つか》えるとか、だれよりも歌《うた》がうまいとか、超美人《ちょうびじん》とか、そういうスペックの高《たか》い、個性的《こせいてき》な主人公《しゅじんこう》のほうがいいのかなって。」

「未央《みお》は、のび太《た》くんは好《す》き？」

パパがふいに意外《いがい》なことをいった。

「え？　のび太《た》くんって、ドラえもんの？」

「そう。いつもドラえもんにたよってる、そのへんにいるような気《き》の弱《よわ》い男《おとこ》の子《こ》。だけど、パパは、のび太《た》くんがとっても好《す》きなんだ。」

「あ、うん。わたしもきらいじゃないよ。なんかにくめないっていうか。」

「ほら。親《した》しみやすくて、みんなが応援《おうえん》したくなる主人公《しゅじんこう》だって、いいんだよ。」

「あ、そうか。いいんだ。ほっとしちゃった。パパ、ありがとう。って、そうじゃないの！」

いか～ん。なにを、ほっとしているんだ！

「あのね。パパの会社《かいしゃ》の創業《そうぎょう》記念《きねん》パーティーのことなんだけど。」

「あ～、その話《はなし》か。今日《きょう》、社長《しゃちょう》から聞《き》いたよ。」

「へ？」

「なんだ。双子《ふたご》に聞《き》かれたくないって、その話《はなし》だったのか。」

パパがニコニコ笑《わら》ってる。

「未央《みお》がテレくさいのはわかるけどね、でも、みずくさいなあ。なんで、パパに紹介《しょうかい》してくれないんだよ。ボーイフレンドができたんだって？」

「え！」

わたしは悲鳴《ひめい》をあげた。

「いやあ、未央《みお》もうちの会社《かいしゃ》のパーティーによばれたんだってね。由里亜《ゆりあ》ちゃんと仲《なか》よくなったんだねえ。」

パパがあまりにうれしそうで、わたしはおどろきで声《こえ》も出《で》ない。

娘《むすめ》どうしが同級生《どうきゅうせい》だから、社長《しゃちょう》とパパは学校行事《がっこうぎょうじ》のことなんかで、よく話《はなし》をするみたい。

「いままでの未央《みお》の口《くち》ぶりだと、あまり由里亜《ゆりあ》ちゃんのことは好《す》きじゃないみたいだったからね。それが、パーティーによばれるような仲《なか》になるなんてねえ。パパはうれしいよ、未央《みお》。」

「あ、あのね、パパ。」

「うちの会社《かいしゃ》のパーティーはすごく豪華《ごうか》だよ。取引先《とりひきさき》に欧米《おうべい》の人《ひと》が多《おお》いから、男性《だんせい》はタキシード、女性《じょせい》はイヴニングドレス。ホテルのバンケットルームでごちそうも出《で》るし、ダンスなんかもして、それはそれは、はなやかなんだよ。」

「ダ、ダンス！」

「いやあ。パパはうれしいよ。由里亜《ゆりあ》ちゃんはお嬢《じょう》さん育《そだ》ちで、わがままなところがあるけど、でも、未央《みお》なら、いい友達《ともだち》になれるんじゃないかって、ずっと思《おも》っていたんだよ。」

ううう。パパ、人《ひと》がいいにもほどがあるよ。

由里亜《ゆりあ》なんか、悪魔《あくま》みたいに性格《せいかく》が悪《わる》いんだから。

そうか。こうやって、社長《しゃちょう》とパパ経由《けいゆ》で、わたしが逃《に》げられないようにしてるんだよね。

なんて、おそろしい。

外堀《そとぼり》をうめられたってわけか。まいった。

でも、パパのうれしそうな顔《かお》を見《み》ていたら、わたし、なんにもいえなくなっちゃう。

わたし、返《かえ》す言葉《ことば》がない。

ああ、わたしの相談《そうだん》はどこにいったんだよ～！

「ああ、そうか、わかったよ。着《き》ていくドレスの相談《そうだん》だね？」

パパが一人《ひとり》で納得《なっとく》して、うなずいている。

「すてきなドレスを買《か》ってあげよう。ボーイフレンドもきっと見《み》ちがえるような。」

娘《むすめ》に理解《りかい》のあるパパが、わたしは大好《だいす》きだよ。

でも、どうして、こんな話《はなし》になっちゃうの？

パパが、

『ボーイフレンドなんか、絶対《ぜったい》にゆるさん！　パーティーなんか、絶対《ぜったい》に行《い》っちゃダメだ！』

って、タイプだったら、それはそれで、パーティーに行《い》かないですんだのに！

「未央《みお》も、もう、そんな年齢《ねんれい》になったんだなあ。」

パパが遠《とお》くを見《み》るように目《め》を細《ほそ》めた。

「パパも中学《ちゅうがく》のとき、好《す》きだった女《おんな》の子《こ》がいてね……。」

こらこら、そこ～！

青春時代《せいしゅんじだい》をふりかえってる場合《ばあい》じゃないぞ～！

でも、パパのそんな顔《かお》を見《み》てたら、

『ボーイフレンドなんかいません。ウソをつきました。』

なんて、いえなくなっちゃうじゃない。

なんだか、もう泣《な》きたい。

「そうだなあ。ドレスはどんなのがいいかな？　由里亜《ゆりあ》ちゃんに負《ま》けないくらいすてきなのを買《か》わなくちゃね。未央《みお》は、白《しろ》いドレスが似合《にあ》うんじゃないかな。いや、かわいらしいパステルカラーもいいかな。」

「パパ……。」

「どうした？　お金《かね》の心配《しんぱい》ならしなくていいんだぞ。パパだって、貯金《ちょきん》くらいあるんだ。」

パパがわたしの顔《かお》をのぞきこむ。

これが、もし、ほんとうだったのなら、どんなにいいだろう。

ゴージャスなホテルのパーティー。

パパがプレゼントしてくれたドレスでボーイフレンドにエスコートされて、パーティーに行《い》けたら、どんなによかっただろう。

でも、でも、わたしは、とんでもないウソつきだ。

こんなふうにくったくなく笑《わら》ってるパパを見《み》ていたら、自分《じぶん》がとてつもなくイヤな女《おんな》の子《こ》に思《おも》えてきて、ふいに泣《な》きだしたくなってしまった。

パパ、ごめんね。

ウソついて、ごめんね。

由里亜《ゆりあ》に見栄《みえ》をはっただけなの。

ふいにうつむいて、肩《かた》をふるわせているわたしの背中《せなか》に、パパがやさしく手《て》をかける。

「おいおい、未央《みお》。どうしたんだい？」

「ううん。なんでもない。うれしかったの。パパの気持《きも》ちがうれしくて。」

わたしのせいいっぱいの言葉《ことば》に、パパがやわらかな声《こえ》でいった。

「未央《みお》はほんとうにいい子《こ》だよ。パパのじまんの娘《むすめ》だ。ずっと双子《ふたご》のめんどうもみてくれているし。ほんとうに感謝《かんしゃ》しているんだよ。だから、未央《みお》には、いつかきっと、うんとやさしいボーイフレンドができるだろうと思《おも》っていたんだ。パパもうれしいよ。」

「パパ。」

わたし、世界一《せかいいち》、幸《しあわ》せな娘《むすめ》だよね。

こんなにやさしいパパなんて、世界中《せかいじゅう》、どこをさがしてもいないよね？

わたし、パパのやさしさがうれしくて、あやうく、声《こえ》をあげて泣《な》きだすすんぜんだったんだ。

ところが！　そのとき！

バタ〜ンッ！　いきなり、いきおいよく、わたしの部屋《へや》のドアがらんぼうに開《ひら》いたと思《おも》ったら。

「きゃ〜！」

「うわあああ！」

という悲鳴《ひめい》とともに、ドアのむこうから、双子《ふたご》が部屋《へや》に転《ころ》がりこんできた！

「礼央《れお》、理央《りお》！」

とつぜんのことに、涙《なみだ》も引《ひ》っこんじゃって、わたしは、あわてて立《た》ちあがると、双子《ふたご》の前《まえ》に仁王立《におうだ》ちして、さけんだ。

「あんたたち、いまの話《はなし》、ぬすみ聞《ぎ》きしてたのね！」

「えへへ。」

「あははは。」

礼央《れお》と理央《りお》がこしをさすりながら、床《ゆか》から立《た》ちあがると、ほおを赤《あか》くそめながら、頭《あたま》をかいてる。

「笑《わら》ってごまかそうったって、そうはいかないわよ！」

「いったいいつのまに？」

パパが双子《ふたご》を見《み》て、あきれた声《こえ》をあげた。

「テレビはどうしたんだ？」

「あ、ハードディスクに録画《ろくが》してるから、ご心配《しんぱい》なく。」

礼央《れお》がキリッとした顔《かお》で、得意《とくい》そうに答《こた》えた。

「ほんとうに、おまえたちには舌《した》をまくよ。」

パパがクックックッと笑《わら》いだした。

「パパ、笑《わら》ってる場合《ばあい》じゃないでしょ！　ちゃんとしかってよ！」

「ああ、そうだな。礼央《れお》、理央《りお》、立《た》ち聞《ぎ》きはよくないぞ。」

「はあ〜い。ごめんなさい、もうしません。絶対《ぜったい》にしません。」

二人《ふたり》は声《こえ》をそろえて、しおらしくあやまると、深《ふか》く頭《あたま》を下《さ》げた。

「よし、いい子《こ》だ。」

パパは満足《まんぞく》そうにうなずいてるけど、しないわけないいじゃない！

絶対《ぜったい》に、いま、心《こころ》の中《なか》で舌《した》を出《だ》してるはずよ！

二人《ふたり》は顔《かお》を上《あ》げると、好奇心《こうきしん》いっぱいのキラキラした瞳《ひとみ》で、わたしの顔《かお》を見《み》ながら、声《こえ》をハモらせてこういった。

「おねえちゃん。彼氏《かれし》ができて、おめでとー！」

4 双子《ふたご》の小悪魔《こあくま》

「おねえちゃんに彼氏《かれし》ができたなんて、ウソみたいだよなあ。」

「どこにそんな人《ひと》がいたんだろ？」

「ねえねえ、おねえちゃん、どんな人《ひと》？」

「わたしたちにも会《あ》わせてくれるんでしょ？」

「ねえねえ、紹介《しょうかい》してよ〜！」

「妹《いもうと》としては、一度《いちど》、きちんとごあいさつしなくちゃね。」

今日《きょう》は、ママがパートの日《ひ》。

学校《がっこう》から帰《かえ》ってくると、わたしはいつものように、双子《ふたご》に、おやつを用意《ようい》してあげた。

ホットミルクとパンケーキ。フルーツをそえろとか、生《なま》クリームを泡立《あわだ》てろとか、またまた注文《ちゅうもん》が多《おお》いんだから！

そのうえ、それを飲《の》んだり食《た》べたりしながら、双子《ふたご》がマシンガンのように一気《いっき》に話《はな》しだしたんだ。

「うるさい！　うるさい！　うるさい！」

わたしはかんしゃくを起《お》こして、そうさけんでた。

なによ！

人《ひと》が真剣《しんけん》になやんでるってときに！

どうして、あんたたちは、そういうことばっかいうのよッ！

おとなしく、おやつでも食《た》べていなさいよッ！

わたしは超《ちょう》ふゆかいになって、ダン！　ダイニングのいすから立《た》ちあがった。

「なんだよ、おねえちゃん。どうして怒《おこ》るんだよ？」

礼央《れお》が不服《ふふく》そうな顔《かお》をしている。

「そうよぉ。ふつう、ボーイフレンドの話《はなし》をされたら、女《おんな》の子《こ》はよろこぶものよぉ。」

理央《りお》が、そう指摘《してき》する。

ぎくううっ。

双子《ふたご》の言葉《ことば》に、一瞬《いっしゅん》、ひやりとしたけど、すぐにさけんでた。

「あんたたちが、とにかく、うるさいからよ！　そんなもんに、興味《きょうみ》を持《も》たなくてもいいの！」

あ〜あ。やんなっちゃう。

「彼《かれ》、元気《げんき》？」

クラスできかれるたびに胸《むね》がきゅうっといたむ。

もう無理《むり》だ。無理《むり》。

どんどん、時間《じかん》がすぎていく。

パーティーも、もう目前《もくぜん》だっていうのに、なんにも、いいアイディアがうかばない。

琴乃《ことの》も協力《きょうりょく》してくれて、むかしのアドレス帳《ちょう》を引《ひ》っぱりだして、記憶《きおく》の糸《いと》をたぐって、たしか、お兄《にい》さんがいたよなっていう子《こ》たちに、二人《ふたり》で連絡《れんらく》しては、

「パーティーにエスコートしてくれないかな？」

ってきいてるんだけど、

「そんなフォーマルなパーティーなんて無理《むり》！」

ってことわられちゃう日々《ひび》なんだ。

ああ、わたしがもっとかわいかったらなあ。

お兄《にい》さんたちもよろこんで協力《きょうりょく》してくれるんだろうなあ。うぅう。つらい。

ああ。いったい、どこに、わたしなんかの彼《かれ》のふりをしてくれるすてきな人《ひと》がいるんだろう。


いったい、どうしたらいいの？

もう泣《な》きたい。

毎日《まいにち》、心配《しんぱい》で胸《むね》をいっぱいにしながらねむりにつくけど、よくねむれないし、目《め》がさめても、ずっと心《こころ》がくもってる。

「おねえちゃん。絶対《ぜったい》にあやしい！」

礼央《れお》の声《こえ》に、わたしは思《おも》わず、ハッと礼央《れお》のほうをふりむいてしまう。

「絶対《ぜったい》におかしいよ。ボーイフレンドとパーティーに行《い》けるっていうのに、毎日《まいにち》、ユウウツな顔《かお》して、ため息《いき》ばっかり！」

「そうよ〜。わたしたち、心配《しんぱい》してるのよ。おねえちゃん！」

双子《ふたご》が真剣《しんけん》な瞳《ひとみ》でそういうから、思《おも》わずその気迫《きはく》に後《あと》ずさってしまうわ。

ほんとうに、するどいんだから。

「ちがうってば！　なやんでるのは原稿《げんこう》のことよ。書《か》けないのよ！」

「ふうん。スランプってやつ？」

「そうかもね。」

「絶対《ぜったい》に賞《しょう》を取《と》る！　って意気《いき》ごみすぎなんだよ、おねえちゃんは。」

礼央《れお》がすましていう。

「え？　意気《いき》ごみって、あったほうがいいんじゃないの？　なんでも成功《せいこう》するには、強《つよ》い意志《いし》が大事《だいじ》なんじゃや。」

「それがちがうんだな〜。」

「え？」

「すごい傑作《けっさく》を書《か》いてやる！　名文《めいぶん》を書《か》いてやる！　って肩《かた》に力《ちから》が入《はい》ってると、逆《ぎゃく》に、なんにも書《か》けなくなっちゃうことって、あるでしょ？」

「あるッ！　あるあるある〜！」

「ほら、スポーツ選手《せんしゅ》が、オリンピックだと緊張《きんちょう》してあがっちゃって、いつもできることができなかったり、失敗《しっぱい》したりすることもあるでしょ？」

理央《りお》が口《くち》をはさむ。

「ああ、重圧《じゅうあつ》でね。」

「そうそう。おねえちゃんは、自分《じぶん》で自分《じぶん》に重圧《じゅうあつ》をかけてるのよ。だから、少《すこ》しリラックスして、気持《きも》ちを楽《らく》にして書《か》いたほうがいいと思《おも》うよ。いきなり大傑作《だいけっさく》なんか、書《か》けないんだからさ。練習《れんしゅう》くらいのつもりでね。」

「ふむふむ。」

なかなか、的確《てきかく》なアドバイスだ。

「わかった。そうする。」

「おねえちゃんはそのすなおなとこが取《と》り柄《え》だよね。」

「ほんとほんと。」

「弟《おとうと》と妹《いもうと》にいわれたくないや！」

「で、主人公《しゅじんこう》の名前《なまえ》とキャラは決《き》めたの？」

「あ、うん。」

「で？　わき役《やく》は？」

「わき役《やく》は主人公《しゅじんこう》の親友《しんゆう》が出《で》てくる。」

「主人公《しゅじんこう》に味方《みかた》がいるのはいいことね。あと、敵《てき》も作《つく》ったほうがいいわよ。障害《しょうがい》がないと、お話《はなし》がすんなりいきすぎちゃう。」

理央《りお》がすましていう。

「なるほどね。味方《みかた》と敵《てき》を出《だ》す、と。」

「あとはおねえちゃんならではの味付《あじつ》けね。個性《こせい》というか、オリジナリティーを出《だ》す。」

「ど、どうやって？」

「おねえちゃんは、お菓子《かし》を作《つく》るのが上手《じょうず》だから、食《た》べものの描写《びょうしゃ》に力《ちから》を入《い》れたら？」

「え？　それが個性《こせい》？」

「そうよ。個性《こせい》は細部《さいぶ》に宿《やど》るのよ。そういうこだわりが個性《こせい》になるの。」

「なるほど～。」

あら？　でも、なんとか、話《はなし》をごまかすことができたみたい。

しかし、まずい。

双子《ふたご》に、こんなにあやしまれてるってことは、由里亜《ゆりあ》にもバレバレじゃない？

由里亜《ゆりあ》のやつ、毎日《まいにち》、わたしにイヤミっぽくいうんだよね。

「未央《みお》の彼《かれ》、元気《げんき》？　ほんとうに会《あ》えるのが楽《たの》しみだわ。さぞかし、すてきなんでしょうね。」

ほんと、性格《せいかく》、悪《わる》ッ！

でも、由里亜《ゆりあ》には、次《つぎ》から次《つぎ》へと彼《かれ》ができるんだよね。

世界七不思議《せかいななふしぎ》って感《かん》じ。

由里亜《ゆりあ》は、だまってれば美人《びじん》でスタイルもいいもんな。

あーあ。やっぱり、どんなに性格《せいかく》が悪《わる》くても、美人《びじん》だったら、モテるんだよね。

男《おとこ》の子《こ》にちやほやされるんだよね。

現実《げんじつ》はきびしい。ううう。

わたしが、また自分《じぶん》の世界《せかい》にひたっていると、

「そうか、わかったぞ！」

礼央《れお》が大声《おおごえ》でさけんで、わたしの心臓《しんぞう》が飛《と》びあがる。

「わ、わかったって、な、なにが？」

「わかったよ。おねえちゃんの彼《かれ》って、かっこよくないんでしょ？　ダサいんでしょ？

だから、みんなに見《み》せたくないんでしょ？」

礼央《れお》が得意《とくい》そうにそういって、瞳《ひとみ》をかがやかせた。

あれれ？　もしかして、彼《かれ》がいるっていうのは信《しん》じてるのかな？

へえ。彼《かれ》がダサいねえ。

ブーッ！　それはハズレだよ、礼央《れお》くん。

だって、彼《かれ》なんて、ほんとうはいないんだもんね。

へえ？　まあ、天才《てんさい》っていっても、小学《しょうがく》三年生《ねんせい》だもんね。

やっぱり、子《こ》どもは子《こ》どもよね。

ふふん。って、わたし、得意《とくい》になってる場合《ばあい》じゃないけど！

「ちがうよ。バ〜カ！」

わたしが舌《した》を出《だ》しながら、そういうと、礼央《れお》がムッとした表情《ひょうじょう》になって、くやしそうにくちびるをかみしめた。

「ぼくは、おねえちゃんにバカっていわれる覚《おぼ》えはないぞ！」

鼻《はな》の頭《あたま》にシワをよせちゃって。

「おねえちゃんの宿題《しゅくだい》だって、ぼくがいつも教《おし》えてあげてるじゃないか！」

「はいはい。礼央《れお》くん、いつも助《たす》かってます。」

「な、なんだよ。人《ひと》が心配《しんぱい》してやってるのに！」

礼央《れお》は残《のこ》りのホットミルクを、ぐっとひと息《いき》に飲《の》みほすと、

「理央《りお》、行《い》こ。もう、こんなヤツの相手《あいて》するのやめよう！」

そう怒《おこ》ったようにいって、理央《りお》のリボンを引《ひ》っぱった。

「ちょっとぉ。礼央《れお》ってばぁ。」

礼央《れお》にうながされて、理央《りお》もしぶしぶ立《た》ちあがる。

「おねえちゃん、ぼくたちにかくしごとするとロクな結果《けっか》にならないからね！　小説《しょうせつ》だって、書《か》きあがらないからね！」

礼央《れお》がそういいすてると、理央《りお》の手《て》を引《ひ》っぱって、ダイニングから出《で》ていった。

ふ〜んだ。

いってなさいよ！

だいたい、礼央《れお》と理央《りお》にほんとうのことを相談《そうだん》したって、かっこいい男《おとこ》の子《こ》予備軍《よびぐん》の小《しょう》学生《がくせい》を連《つ》れてくるのが関《せき》の山《やま》じゃないの。

わたし、もう、ほんとうに、あんたたちの相手《あいて》をしてる場合《ばあい》じゃないんだから！

「ちょっと、未央《みお》。あなた、礼央《れお》と理央《りお》とケンカでもしてるの？」

数日後《すうじつご》、夕《ゆう》ご飯《はん》のあと、キッチンで食器《しょっき》のあと片付《かたづ》けを手伝《てつだ》っていたら、ママがわたしにきいてきた。

「最近《さいきん》、まったく話《はな》してないんじゃないの？」

「あ、うん。ちょっとね。」

あれから、双子《ふたご》は火《ひ》が消《き》えたように、ぱったり、わたしになにもいわなくなってしまった。

冷戦状態《れいせんじょうたい》というか、まったく口《くち》をきいていない。

双子《ふたご》が干渉《かんしょう》してこなくなったのはいいけど、でも、それで、気《き》がついたことがある。

じつは、双子《ふたご》と口《くち》ゲンカすることで、けっこう、ストレス解消《かいしょう》していたんだなって。

だから、最近《さいきん》、ますますユウウツだ。

春《はる》なのに、いろんな不安《ふあん》が、心《こころ》の中《なか》でチラチラ粉雪《こなゆき》みたいに舞《ま》ってる。

そして、それは、そのうち、猛吹雪《もうふぶき》になりそう。

もし、ウソだということがバレたら、由里亜《ゆりあ》から、わたしは、どんな仕打《しう》ちをされるんだろう。

まず、クラスで仲間《なかま》はずれにされると思《おも》う（琴乃以外《ことのいがい》）。

なにをしていても、この不安《ふあん》を心《こころ》から完全《かんぜん》に消《け》すことができないよ。

ああ、わずらわしいよ～！

「未央《みお》から仲直《なかなお》りしなさいよ。未央《みお》はお姉《ねえ》さんでしょ？」

ママの言葉《ことば》に、カチンときてしまう。

ママは、すぐにお姉《ねえ》さんでしょ？　って、わたしにいう。

お姉《ねえ》さんなんだから、ゆずってあげなさい。

お姉《ねえ》さんだから、ガマンしなさい。

弟《おとうと》と妹《いもうと》のめんどうをみなさい。

でもね！

「姉《あね》っていったって、あの子《こ》たちのほうがかしこいし。エラそうだし。」

「ケンカの原因《げんいん》はなんなの？」

「あの子《こ》たち、わたしの部屋《へや》に入《はい》って、人《ひと》の日記《にっき》を勝手《かって》に読《よ》んだり、やりたい放題《ほうだい》で。」

「小学《しょうがく》三年生《ねんせい》じゃないの。年《とし》のはなれた弟《おとうと》と妹《いもうと》なんだから、ゆるしてあげなさいよ。」

「そんな！　ママ、ひどいよ！　全部《ぜんぶ》、わたしのせいなわけ？」

つい声《こえ》を荒《あら》らげてしまう。

「双子《ふたご》ばっかりヒイキして！」

「ヒイキなんてしてないわよ。」

「してる！　いつも、双子《ふたご》が優先《ゆうせん》じゃない！」

「未央《みお》。」

「この前《まえ》も、保護者参観日《ほごしゃさんかんび》が双子《ふたご》の小学校《しょうがっこう》とぐうぜん重《かさ》なったでしょ？　そしたら、ママ、まよわず、双子《ふたご》を選《えら》んだよね。わたしの中学《ちゅうがく》には、来《き》てくれなかったよね？」

いいながら、悲《かな》しくなって涙《なみだ》が出《で》そうになる。

「ママは、双子《ふたご》さえいればいいんでしょ？　わたしなんか、どうでもいいんでしょ？」

「そんなことないわよ。」

「双子《ふたご》は、かわいくて、かしこくて、ママのじまんだもんね。もう、いい！」

わたしは、キッチンから飛《と》びだして、二階《かい》の自分《じぶん》の部屋《へや》にかけあがった。


悲《かな》しくて、イライラして、自己嫌悪《じこけんお》と絶望《ぜつぼう》で、なにもかもイヤになって、ベッドにつっぷしていると、コンコン、ひかえめなノックのあと、ドアがそっと開《ひら》き、パパとママが入《はい》ってきた。

わたしがあわてて起《お》きあがると、パパとママがやさしい顔《かお》でほほえんでいた。

「未央《みお》が、そんなふうにさびしく感《かん》じているとは思《おも》わなかったのよ、ママ、反省《はんせい》してるわ。」

ママが頭《あたま》を下《さ》げてあやまった。

「保護者参観《ほごしゃさんかん》に行《い》けなくて、ごめんなさいね。」

そんなふうに、真剣《しんけん》にあやまられるとこまっちゃうよ。

「わ、わたしこそ、かんしゃくを起《お》こして、ごめんなさい。」

「未央《みお》、悪《わる》かったね。パパが会社《かいしゃ》の休《やす》みを取《と》って行《い》けばよかったね。」

「やだ。もう、いいの、わたし。」

「でもね、ママが小学校《しょうがっこう》の保護者参観《ほごしゃさんかん》に行《い》ったのには理由《りゆう》があるんだ。」

パパがニヤリと笑《わら》った。

「ママは、双子《ふたご》をヒイキしてるわけじゃないんだよ。」

「え？」

「礼央《れお》の担任《たんにん》の先生《せんせい》がすっごくすてきでね。ママは大《だい》ファンなんだよ。」

「やだ、パパ、やめて。よけい話《はなし》がおかしくなるでしょ！」

「へえ？　礼央《れお》のクラスの先生《せんせい》が？」

「パパとちがって、超《ちょう》イケメンらしい。ＰＴＡ《ピーティーエー》でファンクラブがあるとか。」

「超《ちょう》イケメン？」

つい、その言葉《ことば》に反応《はんのう》してしまう。

「やだ。でも、パパより年上《としうえ》なのよ！」

「なんだ。おじさんか。」

「それがねえ。若々《わかわか》しくて、もう俳優《はいゆう》みたいにすてきなのよ〜。」

ママってば、ほんと、ミーハーなんだから。

「ママ、脱線《だっせん》してる。本題《ほんだい》に入《はい》ろう。」

「あ、そうだったわ。」

うう、わたしの性格《せいかく》、ママに似《に》たんだわ、きっと。

「未央《みお》。いつも、双子《ふたご》の世話《せわ》をしてくれてありがとう。」

「え？」

「これは、パパとママからプレゼントだよ。」

パパが背中《せなか》にかくしていた、リボンのついた大《おお》きな箱《はこ》をわたしにさしだしながらいった。

「え？」

わたしは箱《はこ》をかかえたまま、ぼうぜんとつっ立《た》ってた。

「なんだと思《おも》う？」

わたしは、銀色《ぎんいろ》のリボンをほどいて、白《しろ》い箱《はこ》を開《あ》けた。

カサカサと薄紙《うすがみ》をめくると、中《なか》からドレスが出《で》てきた。

新緑《しんりょく》を思《おも》わせる、さわやかなあわい若草色《わかくさいろ》のドレス。

スカートがふわっと波《なみ》うって、生地《きじ》もとても上等《じょうとう》なはだざわり。

こんなかわいらしいドレスが着《き》られるなんて、うれしくて飛《と》びあがりたいよ。

でも、わたしの目《め》から涙《なみだ》がこぼれ落《お》ちた。

「どうしたの？　未央《みお》？」

「気《き》に入《い》らなかったの？」

パパとママがおどろいてる。

「今度《こんど》のパーティーにちょうどいいと思《おも》ったんだ。気《き》に入《い》らなかったら、別《べつ》のデザインに取《と》りかえてもいいんだよ？」

「同《おな》じデザインで、ピンクや黄色《きいろ》もあるのよ。でも、未央《みお》なら、若草色《わかくさいろ》がいちばん似合《にあ》うかなって思《おも》って。」

「ちがうの！」

涙《なみだ》がどっとほおにあふれる。

わたしは、泣《な》きながら、パパとママにだきついた。

「ほんとうにうれしいの。わたしの好《この》みにぴったりなんだもん。パパ、ママ、ありがとう。それから、ごめんなさい。」

「未央《みお》ったら、そんなに泣《な》いて。」

「あらあら。」

心《こころ》の中《なか》が苦《くる》しかった。

自分《じぶん》がはずかしくて、なさけなくて、つらかった。

自分《じぶん》のついたウソが、ころがる雪玉《ゆきだま》のように、どんどん大《おお》きくなっていくような気《き》がした。

苦《くる》しい。一つウソをついたら、また一つ、さらに一つと、ウソをつかなきゃいけなくなるんだね。
わたし、どうしたらいいの？
このドレスを着《き》て、ほんとにパーティーに行《い》けるの？

5 絶体絶命《ぜったいぜつめい》！　この世《よ》の終《お》わり

「未央《みお》、ほんとうにいっしょに行《い》かなくていいのかい？」

「だいじょうぶ。」

「じゃあ、あとで。楽《たの》しみにしているからね。」

「あとでね。」

五月十日《がつとおか》。パーティー当日《とうじつ》。

パパとママはそういいのこして、二人《ふたり》で出《で》かけてしまった。

先《さき》に行《い》って、いろいろと準備《じゅんび》を手伝《てつだ》うらしい。

パーティーが始《はじ》まる時間《じかん》は午後《ごご》七時《じ》。

時計《とけい》は、もう五時《じ》をまわっている。

わたしは、鏡《かがみ》の前《まえ》でドレスを見《み》ながら、絶望的《ぜつぼうてき》な気分《きぶん》になっていた。

現在《げんざい》、家《いえ》には、途方《とほう》にくれたわたしと役《やく》に立《た》たない双子《ふたご》がいるだけ。

「おねえちゃん、まだ用意《ようい》をしていないの？」

理央《りお》が、わたしの部屋《へや》をのぞいて、そうきいてきた。

「うん……。」

わたしは、力《ちから》なく返事《へんじ》する。

「はやく、はやく。遅刻《ちこく》しちゃうよ。」

「そうだけど。」

「いいな～。わたしもパーティーに行《い》きたいな～。」

理央《りお》が、キラキラ目《め》をかがやかせながら、わたしのドレスを見《み》た。

「わ～。キレイ！　お姫《ひめ》さまみたい！」

理央《りお》は、ディズニー・プリンセスとか、お姫《ひめ》さまものが大好《だいす》きなんだよね。

「いいなあ。わたしもこんなドレス、着《き》てみたいなあ。」

理央《りお》が、ため息《いき》をつきながら、ドレスを手《て》に取《と》った。

サラサラ、衣《きぬ》ずれの音《おと》が聞《き》こえる。

こんな高《たか》そうなドレスじゃなくてよかったのに。パパ、無理《むり》したよね。

このところ、ランチ代《だい》を切《き》りつめてるんじゃないかなと、パパが心配《しんぱい》になる。

まどの外《そと》は、もう、夕《ゆう》やみ。

絶体絶命《ぜったいぜつめい》。

奇跡《きせき》よ。どうか起《お》こって！

最後《さいご》のたのみの綱《つな》の琴乃《ことの》が、ギリギリまでさがして、連絡《れんらく》するといってくれた。

だれかを、見《み》つけてくれますように。

でも、わたしのかなうはずのない願《ねが》いをあざ笑《わら》うかのように、そのとき、由里亜《ゆりあ》の勝《か》ちほこったような顔《かお》が、頭《あたま》のスクリーンを横切《よこぎ》っていった。

「なによ。未央《みお》ったら、やっぱり、ウソだったんじゃない！」

「このウソつき！」

「サイテー！」

由里亜《ゆりあ》ととりまきたちの嘲笑《ちょうしょう》が、頭《あたま》の中《なか》でガンガンうずまく。

こんなはずじゃなかった。

もう最低《さいてい》だ。この世《よ》の終《お》わりだ。

わたし、今日《きょう》のことで、ずっと、これからも意地悪《いじわる》をいわれつづけるんだ。

高校卒業《こうこうそつぎょう》まで、あと五年近《ねんちか》くもずっと。

絶望的《ぜつぼうてき》な気分《きぶん》になる。

頭《あたま》がいたいって、病気《びょうき》のふりをしようかな。

いや、そんなのパパとママにバレバレだよね。

そう、わたしは昨夜《ゆうべ》から、ずっと考《かんが》えていたんだ。

家《いえ》を出《で》てから、なにかアクシデントがあって、パーティーに間《ま》にあわなかったことにしようって。

そう。ダテに小説家志望《しょうせつかしぼう》じゃないんだもん。

いくらでも、お話《はなし》を作《つく》ればいいのよ。

そう、自分《じぶん》のためにストーリーを。

それでも、由里亜《ゆりあ》たちには、いろいろといわれるだろうけれど、でも、こんなにドタン場《ば》になっちゃったら、もう、それしかないよ。

そう、一人《ひとり》ぼっちで、パーティーに行《い》くよりはマシ。

一人《ひとり》で行《い》って、パパのがっかりした顔《かお》を見《み》るよりはマシ。

パパとママの前《まえ》で、由里亜《ゆりあ》たちに笑《わら》われるよりはマシ。

ほんとうは、パーティーに行《い》きたかった。行《い》ってみたかった。このすてきなドレスを着《き》て。

せつなさが胸《むね》をしめつけて、苦《くる》しいよ。

まるでパーティーに行《い》けないシンデレラみたい。

「おねえちゃん。はやく、着《き》てみて！　このドレス！」

理央《りお》が、わたしの背中《せなか》をたたく。

「うん。」

わたしは、力《ちから》なくそう返事《へんじ》をすると、ジーンズとシャツをぬいで、ドレスに着《き》がえた。

パパとママからのとびきりぜいたくな贈《おく》りもの。

そのドレスは、着《き》てみるとほんとうに美《うつく》しかった。

サイズもオーダーしたみたいにぴったりで、そして、わたしにとってもよく似合《にあ》っていた。

自分《じぶん》でいうのはおかしいかもしれないけど、いつものわたしよりも何倍《なんばい》もおしとやかで上品《じょうひん》な女《おんな》の子《こ》に見《み》えるよ。

わたしは、泣《な》きだしたい気持《きも》ちをぐっとこらえた。

世界《せかい》でいちばん大好《だいす》きなパパとママ。

ごめんね。ウソをついて、ごめんね。

これから、パーティーをすっぽかす、わたしをゆるしてね。

このドレスを着《き》たところを、パパとママに見《み》せられない、親不孝《おやふこう》なわたしをゆるして。

ドレスを着《き》て、鏡《かがみ》の前《まえ》にぼうっとすわっていると、礼央《れお》がわたしの部屋《へや》に入《はい》ってきた。

「ワァオ。おねえちゃん、すごいね、馬子《まご》にも衣装《いしょう》だね！」

あいかわらず、一言多《ひとことおお》いよ。

「おねえちゃん、香水《こうすい》もつけたら？」

礼央《れお》が、鏡《かがみ》の中《なか》のわたしにそういうと、片目《かため》をつぶってみせた。

右手《みぎて》には、ママの大事《だいじ》にしているディオールの香水《こうすい》。

「ねえ、おねえちゃん、髪《かみ》はカールしたほうがかわいくない？　わたしがやってあげる。」

理央《りお》が、そういうと、わたしの髪《かみ》をいじりはじめた。

二人《ふたり》のすすめをしりぞけたら、あやしまれるに決《き》まってる。

もう、どうにでもなれよ。

わたしはヤケになって、双子《ふたご》にされるがままになっていた。


「ふ〜ん。器用《きよう》だね。」

理央《りお》が、わたしの髪《かみ》をカーラーでまいていく。

さすが、プリンセスを研究《けんきゅう》してるだけのことはあるわ〜。

わたしの肩《かた》にまき毛《げ》が落《お》ちていく。

ひとふさ、ふたふさ。くるくるまき毛《げ》が波《なみ》うって、そのたびに、自分《じぶん》が魔法《まほう》にかけられていくような気分《きぶん》になる。

礼央《れお》がわたしの首《くび》すじにふきつけた香水《こうすい》は、わたしのはだの上《うえ》でとけて、あわいロマンティックな香《かお》りがわたしの鼻先《はなさき》をくすぐっていく。

「そのドレスなら、アクセサリーはこれだね？」

「わ～、礼央《れお》ってば、センスいい！　そうね。絶対《ぜったい》に、それ、それね。」

理央《りお》が満足《まんぞく》そうに、あいづちを打《う》つ。

「それ、ママのダイヤモンドじゃない！　礼央《れお》！　ダメだよ、そんなの持《も》ちだしたら！　ママに怒《おこ》られる！」

「今日《きょう》はだいじょうぶだって！　それに、ぼくのたのみなら、ママが絶対《ぜったい》にことわらないの、おねえちゃんも知《し》っているでしょ？」

礼央《れお》がそういって、得意《とくい》そうに、自分《じぶん》の右手《みぎて》を胸《むね》にあてた。

今日《きょう》はどうしたっていうんだろう？

双子《ふたご》が、やけにやさしいし、気《き》がきいているじゃない。

わたしの首《くび》には、小《ちい》さなダイヤモンドの一粒《ひとつぶ》ネックレス。

耳《みみ》もとには、それとおそろいのイヤリング。

キラキラ、反射《はんしゃ》して光《ひか》ってる。

キレイ。ほんとうに、キレイ。

「おねえちゃん、リップグロスくらいつけたら？」

「ママのドレッサーから持《も》ってきちゃった。ほら、この色《いろ》なんか、絶対《ぜったい》に似合《にあ》うよ。」

双子《ふたご》が、つきっきりで、わたしの身《み》じたくを整《ととの》えてくれる。

せっかく、こんなに協力《きょうりょく》してくれているのに。

ごめんね。おねえちゃん、パーティーには、行《い》けないんだよ。行《い》かないんだよ。

悲《かな》しい。そして、くやしいよ。胸《むね》がかきむしられそうだよ。最低《さいてい》だよ。

そのとき。ピンポーン。

玄関《げんかん》のチャイムが鳴《な》った。

「あ！　おねえちゃんの彼《かれ》じゃない？」

礼央《れお》がうれしそうに声《こえ》をあげた。

「むかえに来《き》てくれたんだ！」

「きっと、そうよ。お出《で》むかえしなくちゃ！」

理央《りお》も声《こえ》をあげて、二人《ふたり》は、すごいいきおいでドタドタと音《おと》を立《た》てて階段《かいだん》をおりていった。

彼《かれ》か。そんなわけないじゃない。

そんな人《ひと》、この世《よ》に存在《そんざい》しないんだもの。

どうせ、近所《きんじょ》のおばさんが回覧板《かいらんばん》でもまわしに来《き》たのよ。

それか、宅配便《たくはいびん》よ。

わたしは、ため息《いき》をつきながら、もう一度《いちど》、全身《ぜんしん》を鏡《かがみ》に映《うつ》してみた。

「え？　これが、わたし？」

なんだか、不思議《ふしぎ》な気分《きぶん》だった。

「別人《べつじん》みたい……。」

理央《りお》が勝手《かって》にいじくった髪《かみ》は、大《おお》きくゆるやかにカールしていて、そのまき毛《げ》が、わたしに不思議《ふしぎ》とよく似合《にあ》っていた。

まゆをちょっとだけ描《か》き足《た》して、赤《あか》いリップグロスをつけただけなのに、ぼんやりとしていた顔《かお》が引《ひ》きしまって、キリッとした大人顔《おとながお》になってる。

信《しん》じられないけど、あの双子《ふたご》には、こんな才能《さいのう》もあったんだ。

だって、さえない平凡《へいぼん》な女《おんな》の子《こ》のはずのわたしが、いちおうは、見《み》られるようになってるんだもん。

ううん。いちおうなんてもんじゃない。

いや、けっこう、いいんじゃない？

おしゃれって、魔法《まほう》だね。

そして、礼央《れお》と理央《りお》はシンデレラの魔法使《まほうつか》いみたいだ。

そして、パパとママの買《か》ってくれたドレスのおかげで、ちゃんと一人前《いちにんまえ》のレディになってる。

これが、家族《かぞく》みんなの、わたしへの気持《きも》ちなんだね。

じわっ。また、わたしの瞳《ひとみ》に涙《なみだ》がにじむ。ダメ、泣《な》いたら、メイクがくずれちゃう。

でも、でも、もう無理《むり》だ。

だって、わたしは、みんなの気持《きも》ちにこたえられない。

こんな事情《じじょう》じゃなかったら、どんなにかいい気分《きぶん》だったろう。

それを思《おも》うと、ほんとうに、いま、ここで、わあっと泣《な》きふしてしまいたくなる。

わたしは、ほんとうにそのとき、大泣《おおな》きするすんぜんだったの。

と、ところが！

「きゃ〜！　おねえちゃんの彼《かれ》、すっごくすてきね！」

「もう、びっくりした〜！」

バンッ！　ドアがいきおいよく開《あ》いて、礼央《れお》と理央《りお》がほおを紅潮《こうちょう》させながら、わたしの部屋《へや》に飛《と》びこんできた。

「え？」

わたしは、双子《ふたご》の言葉《ことば》がよく飲《の》みこめなくて、ぽかんと口《くち》を開《あ》けてしまった。

「おねえちゃん、はやく、はやく、彼《かれ》がむかえに来《き》てるよ！」

礼央《れお》が興奮《こうふん》ぎみにさけんで、わたしは、その場《ば》にふらっとたおれてしまいそうになった。

彼《かれ》？　な、なんなの？

二人《ふたり》はなにをいってるの？

これって、いったいどういうこと？

なにが起《お》こったの？

「おねえちゃん、はやく！」

双子《ふたご》に両側《りょうがわ》から引《ひ》っぱられて、わたしは連《つ》れられるまま、階段《かいだん》をおりて、玄関《げんかん》までふらふらと歩《ある》いていった。

「え！」

息《いき》が止《と》まった。わたしは目《め》をうたがって、なんどもパチパチとまばたきをした。

これは夢《ゆめ》？

だって、玄関《げんかん》には、わたしの理想以上《りそういじょう》のほんとうにすてきな男《おとこ》の子《こ》が立《た》っていたから！

ネイビーのスーツに白《しろ》いシャツ、えんじ色《いろ》のネクタイ。きちんと正装《せいそう》して、ほほえんでる。

わたし、幻覚《げんかく》を見《み》てる？

でも、いくらまばたきをしても、その幻覚《げんかく》は消《き》えない。

消《き》えないどころか、その幻覚《げんかく》はたしかに口《くち》を開《ひら》いて、こういったんだ。

「こんばんは。」

「あわわわわ……。」

わたしは、あまりのおどろきに、しゃべれなくなっていた。

「はい。プレゼント。」

さしだされたのは、白《しろ》いチューリップの花束《はなたば》。

絶対《ぜったい》に、ありえない。

あなた、だれ？

いや、やっぱり、夢《ゆめ》を見《み》てるのかも。いや、幽霊《ゆうれい》かも。

いまにも、わたしの目《め》の前《まえ》から消《き》えてなくなるかも。

ところが、その幻覚《げんかく》は、まるでアイドルみたいにかっこいい男《おとこ》の子《こ》は、続《つづ》けてたしかにこういったんだ。

「ほら、いそがないと。パーティーに遅刻《ちこく》するよ。」

わたしは、あまりにもおどろいたから、催眠術《さいみんじゅつ》にかかったように、ふらふらとその人《ひと》のほうに近《ちか》づいていったんだ。

玄関《げんかん》には、すてきなヒールの靴《くつ》まで用意《ようい》してある。

なんだろう？　なにが起《お》こったんだろう？

「おねえちゃん、行《い》ってらっしゃい！」

「楽《たの》しんでね！」

玄関《げんかん》で、ハンドバックをわたされた。双子《ふたご》が手《て》をふって、わたしを見送《みおく》ってくれる。

「車《くるま》が待《ま》ってるんだ。」

「は？」

「父《ちち》が会場《かいじょう》まで車《くるま》で送《おく》ってくれるって。だいじょうぶ。心配《しんぱい》しないで。」

「ほえええ。」

変《へん》な声《こえ》が出《で》ちゃった。

「あやしいものじゃないから。」

わたしは、その男《おとこ》の子《こ》にうながされるまま、家《いえ》の前《まえ》にとまっていた白《しろ》い車《くるま》の後部座席《こうぶざせき》に乗《の》りこんだ。

し、信《しん》じられない。

なにが起《お》こっているの？

そのアイドル男子《だんし》とならんですわると、これが夢《ゆめ》でもなんでもなく、ほんとうの現実《げんじつ》だってことがやっと飲《の》みこめてきた。

そして、ハッと気《き》がついたんだ。

そうだ。琴乃《ことの》だ！

琴乃《ことの》が、きっと、この男《おとこ》の子《こ》にたのんでくれたにちがいないんだ。

だって、琴乃《ことの》以外《いがい》に事情《じじょう》を知《し》ってる子《こ》はいないんだもの。

琴乃《ことの》、感謝《かんしゃ》！

わたしは、急《きゅう》にそう思《おも》いついて、ほっと息《いき》をはきだしてから、となりにすわっている、目《め》もとのやさしそうな男《おとこ》の子《こ》にきいたんだ。

「あの、琴乃《ことの》からたのまれたんですよね？」

「え？　ぼくには琴乃《ことの》ちゃんっていう知《し》り合《あ》いはいないけど。」

「え？」

じゃ、じゃ、あなたは、いったい!?

わたしはのどがふるえて、言葉《ことば》にならない。

だって、琴乃《ことの》を知《し》らないっていったら、だれなの？

「未央《みお》ちゃん。」

運転席《うんてんせき》にいた、お父《とう》さんらしき人《ひと》が、楽《たの》しそうにわたしの名前《なまえ》をよんだ。

「え？」

そして、こっちをふりむいたのは、ものすごくハンサムなおじさまだった！

となりにいる男《おとこ》の子《こ》とよく似《に》てる。

うん、これは、絶対《ぜったい》に親子《おやこ》だと思《おも》う。

でも、こんな美形親子《びけいおやこ》の知《し》り合《あ》いなんか、いないよ。

二人《ふたり》は、いたずらっ子《こ》みたいな笑《え》みをうかべて、笑《わら》いあってる。

うん。悪《わる》い人《ひと》たちでは、なさそうなんだけど、いったいだれなのよ〜！

「す、すみません。ズバリききますが、ど、どなたですか？」

お父《とう》さんにきくと、その人《ひと》は真顔《まがお》で答《こた》えた。

「季節《きせつ》はずれのサンタクロースだよ。」

ウソ〜！

6 サンタクロースの正体《しょうたい》

「サ、サンタクロース!?」

わたしはさけんでいた。

じいいっと、その男《おとこ》の人《ひと》を凝視《ぎょうし》してしまう。

どこからどう見《み》ても日本人《にほんじん》なんですけど？

そのうえ、とびきり、ダンディでかっこいい。俳優《はいゆう》みたいだ。

「サンタクロースって、白《しろ》いひげを生《は》やした太《ふと》ったおじいさんなんじゃ。」

「五月《がつ》のサンタクロースは日本人《にほんじん》なんだよ。」

「え？　じゃあ、あなたは、サンタクロースの息子《むすこ》なの？」

となりの男《おとこ》の子《こ》を見《み》る。

「そうだよ。」

「ええ～！」

そんな、まさか。でも、なにも思《おも》いあたらないんだもの。

琴乃《ことの》じゃないなら、いったいだれが？

神《かみ》さまが、由里亜《ゆりあ》にいじめられているわたしをかわいそうに思《おも》ってくれて、それで、とびきりすてきなサンタクロースを派遣《はけん》してくれたとか？

あ！　礼拝堂《れいはいどう》でざんげしたのが効《き》いたの？

「さあ、出発《しゅっぱつ》しよう。遅刻《ちこく》しちゃうね。」

サンタさん？が、エンジンをかけて、車《くるま》がスムーズにスタートした。

車《くるま》はすべるように、東京《とうきょう》の街《まち》を走《はし》りだした。

街《まち》は、ラベンダー色《いろ》の夕暮《ゆうぐ》れ。

「あのう、日本《にほん》での名前《なまえ》はあるんですか？」

わたしの言葉《ことば》に、トナカイのソリじゃなくて、車《くるま》を運転《うんてん》していたサンタさんが、はじけるように笑《わら》いだした。

「あははは。ほんとうに信《しん》じたの？　ごめん、ごめん。未央《みお》ちゃんって、ほんとにすなおなんだね。話《はなし》には聞《き》いていたけど、いい子《こ》だね。」

「は？」

「もちろん、ウソだよ。ごめんね。」

ハッとした。

「もしかして、パパの知《し》り合《あ》い？」

そうか。パパとママがわたしのウソに気《き》づいて、派遣《はけん》してくれたとか？

「いや、ご両親《りょうしん》は、この計画《けいかく》のことはまったく知《し》らないから。ないしょにしようよ。」

わたし、あせる。

「いま、種《たね》あかしするからね。あのね、ぼくは、泉《いずみ》が丘小学校《おかしょうがっこう》の教師《きょうし》をしているんだよ。」

「え！」

わたし、びっくり仰天《ぎょうてん》。

「そ、それって、礼央《れお》と理央《りお》の小学校《しょうがっこう》ですよね!?」

「そう。」

じゃあ、あの。

「あ〜！　ママが大《だい》ファンの！」

「この四月《がつ》から、宮永礼央《みやながれお》くんのクラス担任《たんにん》になった池沢雪彦《いけざわゆきひこ》です。どうぞよろしく。」

わたしは、くらくらする頭《あたま》で、ママがさわいでいたことを思《おも》いだしていた。

「担任《たんにん》の先生《せんせい》なんですか！」

「そう、そして、未央《みお》ちゃんのとなりにすわってるのが、ぼくの息子《むすこ》の雪人《ゆきと》です。」

「池沢雪人《いけざわゆきと》です。よろしく。」

「は、はじめまして。宮永未央《みやながみお》です。」

「都立湾岸高校《とりつわんがんこうこう》の一年生《ねんせい》です。」

「へえ、湾岸高校《わんがんこうこう》。すごい、都内一《とないいち》の進学校《しんがくこう》だ！」

胸《むね》がドキドキする。

先生《せんせい》はもちろん、息子《むすこ》さんも、すごくかっこいいんだけど、目《め》もとに愛《あい》きょうがあって、近《ちか》よりがたい感《かん》じはないいんだよね。

「じつは、この前《まえ》、双子《ふたご》に、『うちのおねえちゃんの一大事《いちだいじ》を救《すく》ってください！』って頭《あたま》を下《さ》げてたのまれてね。」

運転席《うんてんせき》から、先生《せんせい》がいった。

「うわ〜！」

わたしは、はずかしくて、カッとほおが熱《あつ》くなった。

「事情《じじょう》を聞《き》いてね。それで、協力《きょうりょく》することにしたんだ。まあ、うちの息子《むすこ》じゃ、ふさわしくないかと思《おも》ったんだけどね。」

「期待《きたい》にそえてないと思《おも》うけど、ごめんね。」

となりの息子《むすこ》さんがテレたように笑《わら》った。

「そんな！　とんでもないです！　こんなことにまきこんで、ほんとうにすみません！」

わたしは、しどろもどろになってしまう。

「でも、わたし、今回《こんかい》のことは、双子《ふたご》にはくわしく話《はな》してないんですよ！」

「あはははは。そうらしいね。でも、あの双子《ふたご》、さっき話《はなし》に出《で》てきた、琴乃《ことの》ちゃんっていう友達《ともだち》に電話《でんわ》をかけて、全部《ぜんぶ》、事情《じじょう》を聞《き》いたらしいよ。」

先生《せんせい》がほがらかに笑《わら》った。

「琴乃《ことの》に！」

「『おねえちゃんがなにも話《はな》してくれないから、独自《どくじ》に調査《ちょうさ》したんです。』ってじまんげにいってたよ。」

「礼央《れお》と理央《りお》ったら！　それに、琴乃《ことの》もなにもいってくれないんだもの。」

「あははははは。」

先生《せんせい》がまた楽《たの》しそうに笑《わら》った。笑《わら》い上戸《じょうご》なんだ。

「それ以前《いぜん》に、日記《にっき》もこっそり読《よ》んでたらしいけどね。」

「ええ〜！」

わたしはさけぶ。

「手書《てが》きだと見《み》つかるから、いまは、パパからもらったお古《ふる》のノートパソコンに書《か》いてるんですよ！　パスワードだって、設定《せってい》してあるのに！」

「ダメだよ。誕生日《たんじょうび》をパスワードにしちゃ。」

「ああ〜！」

わたしは、頭《あたま》をかかえた。

「人《ひと》の日記《にっき》を読《よ》むのはいけないことだとしかったんだけど、でも、あの双子《ふたご》は、お姉《ねえ》さんを助《たす》けたい一心《いっしん》でしたことだから、ゆるしてあげてよ。」

いや、あの悪魔《あくま》の双子《ふたご》、そんな清《きよ》らかな心《こころ》じゃないと思《おも》うけど。

でも、あの双子《ふたご》が日記《にっき》をぬすみ読《よ》みしなかったら、わたしは、いまごろ、一人《ひとり》で街《まち》をふらふらとしながら、落《お》ちこんでいたわけだし、こうして、となりにいるアイドル男子《だんし》に会《あ》えることもなかったわけだし。

「あの双子《ふたご》、その琴乃《ことの》ちゃんっていう子《こ》に、『ぼくたちが絶対《ぜったい》になんとかしますから、おねえちゃんには、このことをいわないでください。』って、たのみこんだらしいよ。」

「双子《ふたご》と琴乃《ことの》がグルだったなんて！」

「『どうせ、おねえちゃんのことだから、このままじゃパーティーをすっぽかすに決《き》まってます。だから、当日《とうじつ》までないしょにしておどろかせてやりたいんです。』って。そういう計画《けいかく》だったんだ。」

「信《しん》じられない！」

でも、そういえば、琴乃《ことの》、

『ギリギリまでさがすから待《ま》ってて！』

っていいながら、けっこう、安心《あんしん》した顔《かお》してたもんなあ。

内心《ないしん》、もうあきらめてるんだと思《おも》ってた。

「おどろかせて、ごめんね。双子《ふたご》が、『先生《せんせい》には高校生《こうこうせい》の息子《むすこ》さんがいますよね？　イケメンですか？』とかきいてくるから、なんだか、おかしくてさ。」

「はずかしすぎます。」

「双子《ふたご》の計画《けいかく》がおもしろそうだから、思《おも》わず調子《ちょうし》に乗《の》っちゃった。ごめん、ごめん。」

「とんでもないです！　ううう。」

事情《じじょう》が全部《ぜんぶ》わかって、はずかしさでいたたまれないよ。

双子《ふたご》の小学校《しょうがっこう》の先生《せんせい》と、その息子《むすこ》さんだよ？

わたしの、ものすごーくバカな話《はなし》。

見栄《みえ》はって、彼《かれ》がいるっていった話《はなし》を、小学《しょうがく》三年生《ねんせい》の弟《おとうと》の先生《せんせい》とその息子《むすこ》さんに知《し》られちゃうなんて。

しかも、そのうえ、彼《かれ》のふりをしてもらうなんて！

穴《あな》があったら入《はい》りたいって、こういうときのことをいうのね！

「先生《せんせい》、息子《むすこ》さん、ほんとうにすみません！　どうもすみません！」

わたしは、ペコペコ、なんども頭《あたま》を下《さ》げた。

「その話《はなし》を聞《き》いて、なんてバカな子《こ》だって思《おも》いましたよね？」

「そんなことないよ。」

先生《せんせい》と息子《むすこ》さんが即座《そくざ》に否定《ひてい》してくれた。

「う、ウソ。」

「ウソじゃないよ。由里亜《ゆりあ》ちゃんっていう子《こ》の話《はなし》も、双子《ふたご》からくわしく聞《き》いているからね。未央《みお》ちゃんのくやしい気持《きも》ちも、ぼくたちなりには理解《りかい》しているつもりだよ。」

先生《せんせい》がやさしく、そういってくれた。

「む、息子《むすこ》さんも？」

「もちろん。だから、協力《きょうりょく》することにしたんだ。納得《なっとく》しなきゃ協力《きょうりょく》しない。」

「でも！　でもッ！」

わたしは、しどろもどろになりながらいった。

「彼《かれ》のふりをしてもらうなんて、か、彼女《かのじょ》さんとかに悪《わる》いんじゃないですか？」

わたしってば、どさくさにまぎれて、いちばんききたかったことをきいてる。われながら、現金《げんきん》だわとか思《おも》ったけど、息子《むすこ》さんはおだやかにいった。

「彼女《かのじょ》はいないから。」

「え！　いないんですか？」

急《きゅう》に目《め》の前《まえ》が、ぱあっと晴《は》れていく。

「でもでも、モテますよね？」

このルックスだもん。

「モテないよ。」

「ウソだ。」

「ほんとだよ。」

「でも、湾岸高校《わんがんこうこう》は共学《きょうがく》ですよね？」

「いや、いつもは、メガネにボサボサ髪《がみ》で、見《み》られたもんじゃないから。」

「え〜！　信《しん》じられない！　だって、人気《にんき》アイドルに似《に》てる人《ひと》いますよね？」

「今日《きょう》は、ぼくがスーツを着《き》せておしゃれさせたから人前《ひとまえ》に出《だ》せるけど、いつもは、ただのオタクだから。」

先生《せんせい》が笑《わら》いながらいう。

「え？　なんのオタクなんですか？　鉄道《てつどう》？　アイドル？」

「ちがうよ。読書《どくしょ》オタク。」

先生《せんせい》が笑《わら》う。

「ええ〜！」

「湾岸高校《わんがんこうこう》では文芸部《ぶんげいぶ》に入《はい》ってるんだ。」

息子《むすこ》さんがテレたようにいう。

「文芸部《ぶんげいぶ》！」

「雪人《ゆきと》の夢《ゆめ》は小説家《しょうせつか》なんだよ。」

「わたしと同《おな》じ！」

「今度《こんど》、青《あお》い鳥文庫《とりぶんこ》で新人賞《しんじんしょう》の募集《ぼしゅう》があるでしょ？　それに応募《おうぼ》する小説《しょうせつ》を書《か》いてるんだ。」

息子《むすこ》さんがいう。

「え〜！　わたしも！　わたしも書《か》いてるんです！」

「そうだってね。その話《はなし》を聞《き》いて、それで、すごく会《あ》ってみたくて。」

やだ。会《あ》ってみたいだなんて。胸《むね》がキュンとしちゃう。

「あの、どんなお話《はなし》を書《か》いてるんですか？」

息子《むすこ》さんにきいてみる。

「ミステリーだよ。」

「じゃあ、トリックとか考《かんが》えるんですよね？　頭《あたま》がいい証拠《しょうこ》です。わたしには無理《むり》。」

「そんなことないよ。でも、そういうのを考《かんが》えるのがすごく好《す》きなんだ。」

テレくさそうに頭《あたま》をかいてる。

「わあ、今度《こんど》、ぜひ読《よ》ませてください！」

「うん。おたがいに、応募《おうぼ》まではげましあえたらいいなって。」

「ほんとうにいいんですか？　それ、助《たす》かるなあ。」

イケメンで、さぞかし女《おんな》の子《こ》のあつかいに慣《な》れてるんだろうなと思《おも》ったけど、なんだか、ピュアな感《かん》じで好感《こうかん》が持《も》てるな。かっこいいのに、それに気《き》がついてないって感《かん》じ。

しかも、趣味《しゅみ》もいっしょ！

そして、こんなバカバカしい話《はなし》に協力《きょうりょく》してくれるなんて、なんてやさしいんだろう。

ああ、ふだんから、電車《でんしゃ》でお年寄《としよ》りには席《せき》をゆずってあげてるんだろうな。

ボランティアとかもしてそうだわっ。

世《よ》の中《なか》には、こんな心《こころ》やさしいイケメンもいるのね！　って、偏見《へんけん》!?

「あの、ごめんね。」

「な、なにが？」

「かっこいいボーイフレンドっていうのが引《ひ》っかかってて。ぼくでだいじょうぶですか？」

「だいじょうぶもなにも、想像以上《そうぞういじょう》です！　わたしには、もったいなさすぎます！」

わたし、思《おも》いっきりさけんでた。

「すごくかっこよくて、やさしくて、最高《さいこう》です！　これほど適任《てきにん》の人《ひと》なんていません！

わたし、一目見《ひとめみ》たときから、わたしの理想《りそう》の男《おとこ》の子《こ》があらわれたって。あ！」

そこまでいってしまってから、わたし、あわてて口《くち》をおさえた。

しまった！　ドン引《び》きされてる？

あああ、わたしってバカ！

自分《じぶん》の大胆《だいたん》な言葉《ことば》に、心臓《しんぞう》が爆発《ばくはつ》しそう。

息子《むすこ》さんが、目《め》をまん丸《まる》に見開《みひら》いて、びっくりしてる。

「やだ、わたし、きもいですね。うざいですね。すみません！」

「いや、そんなことない。そういってもらえて、安心《あんしん》しました。ありがとう。」

やだ。ちょっとテレてる？

「ほらほら、二人《ふたり》とも、ちゃんと名前《なまえ》でよびあわないと。つきあってるんでしょ？」

運転席《うんてんせき》から、先生《せんせい》がちゃかすようにいう。

「うちの息子《むすこ》は、本《ほん》の虫《むし》で、彼女《かのじょ》ができたことがないんで、今日《きょう》は、いい勉強《べんきょう》になって、かえってありがたいよ。」

ああ、なんていい先生《せんせい》なんだろ、なにからなにまで理解《りかい》があるんだ。

「雪人《ゆきと》。ちゃんと、未央《みお》ちゃんってよばないと。はい、いってみて。」

「あ、えっと、未央《みお》ちゃん。」

ドキッ。自分《じぶん》の名前《なまえ》が、すごくかわいく聞《き》こえたのは、なぜ？

「あの、わたしは、なんてよんだらいいですか？」

「よびすてでいいよ。」

「いや、年上《としうえ》ですし、そんなわけには。」

「でも、ほら、親《した》しい感《かん》じを出《だ》したほうがいいし。」

「じゃ、雪人《ゆきと》さんでいいですか？」

「うん。」

目《め》があって、二人《ふたり》でテレながら笑《わら》いあう。

幸《しあわ》せな気持《きも》ちで胸《むね》がいっぱいになる。

なに、この親子《おやこ》、最高《さいこう》で最強《さいきょう》！

なんだか、わたし、急《きゅう》に笑《わら》いたくなってきた。

さっきまでの絶望的《ぜつぼうてき》な気分《きぶん》がウソのように消《き》えていく。

奇跡《きせき》だよ。奇跡《きせき》！

起死回生《きしかいせい》の逆転満塁《ぎゃくてんまんるい》ホームランだよ！

だって、こんなに最高《さいこう》な男《おとこ》の子《こ》とわたしが、いっしょにパーティーに行《い》ったら、由里亜《ゆりあ》たちが、どんなにおどろいてくやしがるか、目《め》にうかぶもの！

ああ、そして、わたしを助《たす》けてくれたのは、礼央《れお》と理央《りお》なんだ。

あの双子《ふたご》なんだ。

わたしの中《なか》に、とてつもなくあったかい感情《かんじょう》が流《なが》れこんできて、胸《むね》がいっぱいになる。

もう、ほんとう、あなたたちにはかなわないよ。

「ほんっとに、あの双子《ふたご》、おせっかいなんだから。」

思《おも》わず、わたしのくちびるから、感情《かんじょう》とは裏腹《うらはら》の言葉《ことば》がこぼれおちてく。

「ほんとに、とんでもなく生意気《なまいき》で、どうしようもなくて。」

「でも、すごくお姉《ねえ》さん思《おも》いの最高《さいこう》にかわいい弟《おとうと》さんと妹《いもうと》さんだよね？」

雪人《ゆきと》さんがいった。

「ぼくは、一人《ひと》っ子《こ》だから、すごくうらやましいけどな。」

雪人《ゆきと》さんのやさしい声《こえ》に、ぐっとわたしの胸《むね》がつまった。

礼央《れお》、理央《りお》。こんなふうに、いつも、いつも、わたしのことおどろかせてくれちゃって。

ほんとうに、あんたたちって、なんて、とんでもない子《こ》たちなのよ。

あんたたちは世界《せかい》でいちばんにくらしくて生意気《なまいき》で、でも、世界《せかい》でいちばん、かわいい、わたしのじまんの弟《おとうと》と妹《いもうと》だよ。

礼央《れお》……。理央《りお》……。

「ほんとに、あの双子《ふたご》にはまいっちゃう。」

そういいながら、わたしの顔《かお》が泣《な》き笑《わら》いみたいになって、気持《きも》ちがどんどんあふれてしまう。

今日《きょう》、家《いえ》に帰《かえ》ったら、双子《ふたご》を息《いき》が止《と》まるくらいぎゅっとだきしめて、それで、イヤっていうほど、頭《あたま》をくしゃくしゃに、なでまわしてやるんだから。

かくごしておきなさいよ！

あんたたちって、ほんとにとんでもない双子《ふたご》よね！

この数週間《すうしゅうかん》のねむれない夜《よる》。不安《ふあん》な気持《きも》ち。

そして、とつぜん、おとずれた安心感《あんしんかん》。

全部《ぜんぶ》が全部《ぜんぶ》、まるで物語《ものがたり》のページが風《かぜ》でめくられるように、次々《つぎつぎ》とわたしの脳裏《のうり》によみがえってくる。

とつぜん、呼吸《こきゅう》がふうっと楽《らく》になって、心《こころ》があたたかくなる。

そして、ポロリ、わたしのほおに、涙《なみだ》がこぼれおちてしまったんだ。

そしたら、そっと横《よこ》からハンカチがさしだされた。

やわらかな声《こえ》が天使《てんし》の羽《はね》みたいに、わたしの耳《みみ》もとにやさしくふってくる。

「気《き》が強《つよ》いように見《み》えて、意外《いがい》と泣《な》き虫《むし》なんだ？」

「ええ!?　わたし、初対面《しょたいめん》でも気《き》が強《つよ》そうに見《み》えます!?」

わたしがあせって顔《かお》を上《あ》げると、雪人《ゆきと》さんと視線《しせん》が重《かさ》なった。

もう、息《いき》が止《と》まりそう。

「ほら、ぼくはミステリーを書《か》いてるから、事前《じぜん》にシャーロック・ホームズみたいに、どんな女《おんな》の子《こ》か推理《すいり》していたんだ。」

「友達《ともだち》に見栄《みえ》をはる、負《ま》けずぎらいのバカな子《こ》、ですか？」

「そうじゃないよ。読書《どくしょ》が好《す》きで作家志望《さっかしぼう》で、弟《おとうと》と妹《いもうと》に好《す》かれている心《こころ》やさしい女《おんな》の子《こ》なんだろうなって。気《き》が強《つよ》いっていうのは、ちゃんと勇気《ゆうき》もプライドも正義感《せいぎかん》もあるってことだよ。力《ちから》がある意地悪《いじわる》な女子《じょし》に取《と》り入《い》らない、屈《くっ》しないって、いいじゃない。」

「それは、よく考《かんが》えすぎです！」

「当《あ》たってると思《おも》うけど？」

ああ、なんて、いい人《ひと》なんだろう。

幸《しあわ》せが体《からだ》じゅうにふくれあがって、風船《ふうせん》みたいに破裂《はれつ》しそう。

もう大歓声《だいかんせい》をあげて、そこらへんを走《はし》りまわりたい気分《きぶん》！

礼央《れお》、理央《りお》、すてきな出会《であ》いをありがとう。

わたし、ずっと思《おも》ってた。だれかと出会《であ》いたいって。

わたしが、必《かなら》ず出会《であ》わなきゃいけない人《ひと》が、きっと、きっと、どこかにいるはずだって。

そんな出会《であ》いを熱望《ねつぼう》していた。

そして、今日《きょう》、その人《ひと》に、やっと出会《であ》えたような気《き》がする。

「さあ、そろそろ、会場《かいじょう》のホテルに到着《とうちゃく》するよ。」

先生《せんせい》が、明《あか》るい声《こえ》をあげる。

由緒《ゆいしょ》ある高級《こうきゅう》ホテルの玄関《げんかん》に車《くるま》が止《と》まって、ドアマンがうやうやしく、ドアを開《あ》けてくれる。

「いらっしゃいませ。」

もっと、うんと小《ちい》さいとき。

わたしは、今日《きょう》みたいなパーティーに出《で》かける前《まえ》のママが、すてきなドレスを着《き》て、鏡《かがみ》の前《まえ》でお化粧《けしょう》しているのを、いつも、うしろでうらやましくながめていた。

だから、はやく大《おお》きくなって、まだわたしの知《し》らない、キラキラした大人《おとな》の世界《せかい》に入《はい》ってみたいって思《おも》っていた。夢見《ゆめみ》てた。

その夢《ゆめ》がこれから、かなうんだね。

お城《しろ》の舞踏会《ぶとうかい》へはじめて行《い》ったシンデレラみたいに。

7 パーティーで告白《こくはく》します!?

パーティー会場《かいじょう》は、豪華《ごうか》なホテルのバンケットルーム。

ふかふかのじゅうたんの上《うえ》を慣《な》れないヒールの靴《くつ》で、おそるおそる歩《ある》いていく。

まるで、自分《じぶん》が大《おお》きな音楽《おんがく》ホールにいて、オーケストラがチューニングのために、めいめいの音《おと》を出《だ》しはじめたときのような気持《きも》ち。

音楽《おんがく》が始《はじ》まる前《まえ》の、緊張《きんちょう》と期待《きたい》が入《い》りまじったようなゾクゾクするあの感《かん》じ。

会場《かいじょう》の高《たか》い天井《てんじょう》には、大《おお》きなシャンデリアがキラキラかがやいてる。

まばゆくて、目《め》がくらみそう。

もうすでに、たくさんの人《ひと》がつめかけていてにぎやかだ。

みんな、ドレスアップしていて、海外《かいがい》の人《ひと》も多《おお》く、シャンパングラスを片手《かたて》に談笑《だんしょう》している。

会場《かいじょう》には、静《しず》かで品《ひん》のいい音楽《おんがく》が流《なが》れている。

なんてゴージャス。まるで夢《ゆめ》の世界《せかい》。一中学生《いちちゅうがくせい》には、まぶしすぎるわ！

かべ側《がわ》のテーブルには、ビュッフェ形式《けいしき》で、ずらりとおいしそうなお料理《りょうり》がならべられている。ああ、あのローストビーフおいしそう。

きゃ〜、あっちには、デザート・コーナーもある！

でも、いまは、それどころじゃないわ。さすがのわたしも、食欲《しょくよく》がわかない。

ああ、見《み》つけた！

由里亜《ゆりあ》だ。心臓《しんぞう》が急《きゅう》にドキドキしだす。指先《ゆびさき》がふるえる。

むこうを向《む》いているけど、はでな真《ま》っ赤《か》なドレス姿《すがた》でとりまきにかこまれて、堂々《どうどう》として見《み》える。

さすがにはなやかで、場《ば》なれしたふんいきがただよう。

「赤《あか》いドレスが由里亜《ゆりあ》なの。」

雪人《ゆきと》さんに耳打《みみう》ちする。

「そう。わかった。」

わたしたちは顔《かお》を見合《みあ》わせて、おたがいに深呼吸《しんこきゅう》すると、由里亜《ゆりあ》のほうに歩《ある》いていった。

だいじょうぶ。だって、となりには、雪人《ゆきと》さんがいるんだもん。

一人《ひとり》じゃないって、ほんとうに心強《こころづよ》いね。

わたしは、背《せ》すじをのばして、由里亜《ゆりあ》の背中《せなか》におちついた声《こえ》でいう。

「由里亜《ゆりあ》。おまねきありがとう。」

「え？」

ふりむいた由里亜《ゆりあ》が、ぽかんとした顔《かお》になる。

「やだ。未央《みお》だったの。一瞬《いっしゅん》、だれだか、わからなかったわよ。」

由里亜《ゆりあ》が注意深《ちゅういぶか》い目《め》で、わたしの頭《あたま》から足《あし》もとまでをジロジロと見《み》た。

未央《みお》、だいじょうぶよ。

今日《きょう》のわたしには、強力《きょうりょく》な味方《みかた》が、たくさんついていてくれるんだもの。

上等《じょうとう》なドレスに本物《ほんもの》のダイヤモンド。そして、となりには、とびきりかっこいい男《おとこ》の子《こ》。

わたしは胸《むね》をはって、そして、いったの。

「由里亜《ゆりあ》。紹介《しょうかい》するね。池沢雪人《いけざわゆきと》さんです。」

「え！」

由里亜《ゆりあ》が、今度《こんど》は、わたしのとなりの雪人《ゆきと》さんの全身《ぜんしん》をなめるように見《み》た。

そして、一瞬《いっしゅん》、すごくくやしそうな顔《かお》をして、くちびるをかみしめたのを、わたし、見《み》のがさなかったよ。

「こんばんは。今日《きょう》は、おまねきありがとうございます。池沢雪人《いけざわゆきと》です。」

雪人《ゆきと》さんは、礼儀正《れいぎただ》しくあいさつすると、由里亜《ゆりあ》に、にっこりほほえんだ。

由里亜《ゆりあ》のほおが赤《あか》くそまって、その場《ば》に立《た》ちすくむのがわかった。

ふふふ。由里亜《ゆりあ》は予想《よそう》もしてなかったんだろうなあ。

由里亜《ゆりあ》のとなりにいる、遊《あそ》び人風《にんふう》のチャラい彼《かれ》より、ずっとずっと雪人《ゆきと》さんのほうが、かっこよくて、知的《ちてき》で品《ひん》がいい。

由里亜《ゆりあ》が雪人《ゆきと》さんに、じいっと見《み》つめられて、タジタジとなってる。

「未央《みお》ちゃんから、由里亜《ゆりあ》さんの話《はなし》は、いつも聞《き》かされています。とても親切《しんせつ》にしていた

だいているそうですね。今日《きょう》、お会《あ》いしたら、ぼくからも、ぜひ、お礼《れい》をいいたいと思《おも》っていました。これからも、未央《みお》ちゃんと仲《なか》よくしてあげてくださいね。」

雪人《ゆきと》さんの言葉《ことば》に、由里亜《ゆりあ》が引《ひ》きつったような笑顔《えがお》を返《かえ》した。

「も、もちろんよ。」

ひゃ〜！　雪人《ゆきと》さん、いってくれるう！　やるじゃん！

わたしは、ふきだしそうになるのをけんめいにこらえてた。

「やだ。ちょっと、かっこいいじゃないの？」

「マジでイケメン！」

「ウソ。あれが、未央《みお》の彼《かれ》なの？」

「信《しん》じられない！」

由里亜《ゆりあ》のとりまきたちも、ぼうぜんとこっちをながめながら、おどろきの声《こえ》をあげている。

もう、わたし、気分《きぶん》は最高《さいこう》！

「未央《みお》、紹介《しょうかい》するわね。わたしの彼《かれ》、私立《しりつ》の名門聖冷学院《めいもんせいれいがくいん》なのよ。そちらは？」

由里亜《ゆりあ》が胸《むね》をはった。

「都立湾岸高校《とりつわんがんこうこう》の一年生《ねんせい》なの。」

わたしの言葉《ことば》に、ぐっと由里亜《ゆりあ》が息《いき》をのんだ。

学校名《がっこうめい》にこだわりがあるんだなぁ。

「未央《みお》ちゃん、なにか飲《の》みものをいただこうか？」

雪人《ゆきと》さんが、そういってくれて、

「じゃ、由里亜《ゆりあ》。またあとでね。」

二人《ふたり》で、みんなの見《み》ている中《なか》、歩《ある》きだしたの。

雪人《ゆきと》さん、完《かん》ぺきすぎる！

由里亜《ゆりあ》たちから、ずいぶんはなれたバーカウンターまで歩《ある》いてくると、招待客《しょうたいきゃく》の保護者《ほごしゃ》
として会場《かいじょう》に入《い》れてもらった先生《せんせい》が、ニコニコほほえんで待《ま》っていてくれた。

「はい、おつかれさま。」

わたしたち二人《ふたり》に、ジンジャーエールをさしだしてくれる。

「ありがとうございます！　ああ、緊張《きんちょう》した～。」

わたしは、ごくごく、ジンジャーエールを一気《いっき》に飲《の》みほした。

「雪人《ゆきと》。上出来《じょうでき》。」

「父《とう》さん、見《み》てたの？　あれでだいじょうぶだった？」

「うん。完《かん》ぺき。」

「今日《きょう》は、メガネをしてないから、周囲《しゅうい》がよく見《み》えなかったのが、よかったのかも。」

「え？　だから、あんなに由里亜《ゆりあ》のこと、じっと見《み》てたんだ。」

「うん。」

「あの、由里亜《ゆりあ》、美人《びじん》でしょ？」

「うん。すごく美人《びじん》だね。」

あっさり雪人《ゆきと》さんがそういったので、少《すこ》しがっかりした。

「雪人《ゆきと》さんも見《み》た目《め》は、由里亜《ゆりあ》みたいなのがタイプ？」

「まさか！」

雪人《ゆきと》さんが、あわてて否定《ひてい》した。

「ああいうはでな女王《じょおう》さまタイプは苦手《にがて》だよ。むしろ、親《した》しみやすい未央《みお》ちゃんのほうが、ぼくは好《す》きだな。」

好《す》き。その言葉《ことば》に反応《はんのう》して、わたしが真《ま》っ赤《か》になっていると、

「未央《みお》！」

どどどど。由里亜《ゆりあ》のとりまきたちが、おしよせるようにやってきて、わたしを取《と》りかこんだ。

「やだ。ちょっと、未央《みお》の彼《かれ》、いけてるじゃない！」

「未央《みお》。ごめんね～。」

「わたしたち、ずっとウソだと思《おも》ってたの。」

「由里亜《ゆりあ》、歯《は》ぎしりして、くやしがってたわよ。」

「ふふふ。」

「え？」

わたしがおどろいてききかえすと、

「ほら、由里亜《ゆりあ》のわがままには、わたしたちもゲンナリしてるの。」

「いつもじまんばっかり聞《き》かされるし。」

「ちょっといいきみ。」

へえ。なんだ、みんな、そうだったんだ。そんなふうに思《おも》ってたんだ。

「ねえ、未央《みお》、由里亜《ゆりあ》の彼《かれ》より、未央《みお》の彼《かれ》のほうがずっとかっこいいね。」

「あ、ありがとう。」

「ドレスもすてきよ！」

「ねえ、そのダイヤモンド、本物《ほんもの》なの？」

「未央《みお》もドレスアップしたら、けっこうかわいいじゃない。」

みんなが口《くち》ぐちにほめてくれる。

「みなさん、飲《の》みものは、いかがですか？」

雪人《ゆきと》さんが声《こえ》をかけると、

「きゃ〜！　親切《しんせつ》！」

みんなうれしそう。

雪人《ゆきと》さんは、みんなに、飲《の》みものを取《と》ってあげてる。

「雪人《ゆきと》さん、気《き》がききますね。」

わたしが近《ちか》づいてきた先生《せんせい》にいうと、

「母親《ははおや》が、雪人《ゆきと》にレディファーストを徹底《てってい》してしこんでるからね。」

「へえ、そうなんだ。お母《かあ》さまにも会《あ》ってみたいな。」

そのとき、人《ひと》ごみをかきわけて、

「未央《みお》〜！」

パパとママがこっちに手《て》をふりながらやってきた。

満面《まんめん》の笑《え》みをうかべてる。

「未央《みお》、すてきだね。そのドレス、ぴったりだよ。似合《にあ》うよ！」

パパがうれしそう。

「ねえ、未央《みお》、彼氏《かれし》を紹介《しょうかい》してちょうだいよ！」

ママが、そういってから、ハッと、となりにいる先生《せんせい》に気《き》がついて、驚愕《きょうがく》の表情《ひょうじょう》になった。

「え！　池沢先生《いけざわせんせい》！　な、なぜ、ここに！」

「あ、池沢先生《いけざわせんせい》！」

パパもびっくりしている。

「これは、これは。うちの礼央《れお》と理央《りお》がいつもお世話《せわ》になっております。今日《きょう》は、どうしてこちらに？」

パパがきくと、

「うちの息子《むすこ》を送《おく》ってきたんですよ。じつは、未央《みお》さんと親《した》しくしていると聞《き》きまして。」

先生《せんせい》が、さらっというと、

「えええええ！」

パパとママがまた悲鳴《ひめい》をあげた。

「先生《せんせい》の息子《むすこ》さんが、未央《みお》の彼《かれ》なの!?」

ママがさけぶ。

「や、なにも知《し》りませんで、ごあいさつが遅《おく》れました。すみません！」

パパが先生《せんせい》に頭《あたま》を下《さ》げる。

「やだ。未央《みお》、どうして、はやくいわないのよ！」

ママが大興奮《だいこうふん》してさけんだ。

っていわれても、わたし、なんて答《こた》えればいいの？

雪人《ゆきと》さんがわたしのとなりに来《き》た。

「雪人《ゆきと》さん。父《ちち》と母《はは》です。」

わたしがいうと、

「はじめまして。池沢雪人《いけざわゆきと》です。」

礼儀正《れいぎただ》しく、おじぎしてくれた。

「あら、こちらこそ、よろしく。未央《みお》の母《はは》です。」

「父《ちち》です。よろしく。」

「やだ。息子《むすこ》さん、先生《せんせい》にそっくりじゃない。なんて凜々《りり》しくてすてきなの！　アイドル顔負《かおま》けよ！」

「ママ、はしたないよ。」

「あら。ごめんなさい。」

パパもママもすっごくうれしそうだ。

でもね。パーティーが終《お》わったら、シンデレラの魔法《まほう》は、とけてしまうの。

そろそろ、ほんとうのことを打《う》ち明《あ》けなくちゃね。

「あのね。パパ、ママ、ちがうのよ。」

「え？」

「あのね。ほんとうは。」

「未央《みお》ちゃん。」

雪人《ゆきと》さんが、わたしの名前《なまえ》をよんで言葉《ことば》をさえぎると、ふいに、パパとママにこういった。

「ほんとうに、ごあいさつが遅《おく》れまして申《もう》しわけありません。これからも、未央《みお》さんとは、いいおつきあいをさせていただけたらと思《おも》っています。」

え？　そ、それって？

「先生《せんせい》の息子《むすこ》さんだったら、わたしも安心《あんしん》よ。」

ママがにっこりと笑《わら》った。

「家族《かぞく》ともども、よろしくお願《ねが》いしますね。」

「はい。」

雪人《ゆきと》さんが、はっきりとそう答《こた》えた。

それって、どういうつもり？

いいの？　そんなこといっちゃって、いいの？

そのとき、会場《かいじょう》に優雅《ゆうが》なワルツのメロディが流《なが》れはじめて、たくさんの人《ひと》たちが手《て》に手《て》を取《と》って、フロアの中心《ちゅうしん》に集《あつ》まって踊《おど》りだした。

「二人《ふたり》で踊《おど》ってきたら？」

ママがわたしの背中《せなか》を軽《かる》くおして、いう。

「え？　わたし、ワルツなんて踊《おど》れないもん。」

「なんとかなるわよ。未央《みお》。そのドレスとっても似合《にあ》っていてすてきよ。見《み》ちがえちゃったわ。」

ママのやさしいほほえみに、

「ママ……。」

じわっ、わたしのハートがあたたかくなって泣《な》きそうになっていると、

「あら？　このダイヤ、もしかして、ママのじゃないの！　本物《ほんもの》！」

ママの表情《ひょうじょう》が、豹変《ひょうへん》して、鬼《おに》みたいになった。やばい。

「未央《みお》！　それは、とってをきのダイヤなのよ！　中学生《ちゅうがくせい》には、はやすぎます！」

「きゃ〜！」

わたしがママからのがれるようにかけだすと、雪人《ゆきと》さんがわたしを追《お》いかけてきて、右《みぎ》手《て》を取《と》った。ドキッ。

「未央《みお》ちゃん。せっかくだから踊《おど》ろうか？」

「え？　わたし、踊《おど》れない。無理《むり》！」

「だいじょうぶ。エスコートするから。」

「えええええ!?　踊《おど》れるんですか？」

「少《すこ》し。母《はは》が社交《しゃこう》ダンスを習《なら》ってて、練習《れんしゅう》で、いつもその相手《あいて》をさせられてるから。」

「へえ。すご〜い！」

「やってみようよ。」

「は、はい！」

二人《ふたり》で、会場《かいじょう》の真《ま》ん中《なか》に進《すす》んでいく。

雪人《ゆきと》さんといっしょなら、わたし、なんでもだいじょうぶな気《き》がするよ。
音楽《おんがく》が会場《かいじょう》にあふれて、わたしは、雪人《ゆきと》さんの背中《せなか》に手《て》をまわした。
優雅《ゆうが》なステップ。わたしは、なんとなく調子《ちょうし》を合《あ》わせる。
大人《おとな》だらけの中《なか》で、十代《だい》のわたしたちは、ひときわ目立《めだ》ってる。
「まあ、なんて、かわいらしいカップルなんでしょう。」
大人《おとな》たちのささやきが、わたしたちの耳《みみ》に入《はい》ってくる。
ドキドキ、心臓《しんぞう》の音《おと》。
つながれた手《て》がそこだけ熱《あつ》いよ。
男《おとこ》の子《こ》と手《て》をつないだのなんて、幼稚園《ようちえん》のおゆうぎ会以来《かいいらい》だもん。
しかも、こんなに男子《だんし》に接近《せっきん》したのも、それ以来《いらい》かも！
わたしの足《あし》が、ふわふわ宙《ちゅう》を舞《ま》ってるみたい。ほんとうに夢《ゆめ》の中《なか》にいるみたいだ。
「いたいじゃないの！　足《あし》をふまないでよ！」
ふいに、由里亜《ゆりあ》のどなり声《ごえ》が聞《き》こえてきて、現実《げんじつ》に引《ひ》きもどされる。
由里亜《ゆりあ》の彼《かれ》、ワルツは踊《おど》れないみたい。

「下手《へた》くそ！　あんたなんか、もう二度《にど》と会《あ》わないわよ！」

あ～あ。また、由里亜《ゆりあ》お嬢《じょう》さまのわがままが始《はじ》まった。

由里亜《ゆりあ》は、怒《いか》りの形相《ぎょうそう》で、一人《ひとり》で会場《かいじょう》の出口《でぐち》のほうに足早《あしばや》に去《さ》っていく。

「待《ま》ってよ！　由里亜《ゆりあ》ちゃん！」

彼《かれ》が追《お》いかけていく。

「あ～あ。なんとも気性《きしょう》のはげしい子《こ》だね。」

「だまってれば美人《びじん》なんですけど。」

「ほんとうに大変《たいへん》なんだ。」

「あのう、雪人《ゆきと》さん。そんなことより。」

「なに？」

「うちのパパとママにあんなこといっちゃって、この先《さき》、こまりませんか？」

「こまる？　どうして？」

「だって、わたしとつきあってるって、パパとママは思《おも》いこんでますよ？」

「未央《みお》ちゃんはこまる？」

「まさか。こまるなんて！　わたしはうれしすぎますけど！」

いきおいこんで、そういってしまって、ハッとして口《くち》をつぐんだ。

やだ、わたしってば、ガツガツしてはずかしい！

はしたない！

もう顔《かお》が真《ま》っ赤《か》だよう。

「未央《みお》ちゃんさえ、よければ。」

よければ？

その瞬間《しゅんかん》。まわりの人《ひと》たちも、由里亜《ゆりあ》も、パパとママも、みんなみんな、魔法《まほう》のように全部《ぜんぶ》消《き》えてしまった。

そして、そこに、わたしと雪人《ゆきと》さんだけが残《のこ》る。

「ぼくは、これからも、友達《ともだち》としてつきあいたいって思《おも》ってるよ。そして、これからも小《しょう》説《せつ》や本《ほん》の話《はなし》をしていけたらいいなって。」

「あ、友達《ともだち》としてね。」

ザワッ。急《きゅう》に周囲《しゅうい》のざわめきがもどってきて、うるさくなった。

なんだ、友達《ともだち》としてか。
やだ。わたし、なにを期待《きたい》しているんだろう？
わたしなら、このストーリーの続《つづ》きは……。
雪人《ゆきと》さんのセリフは……、
『このまま彼《かれ》の役《やく》をずっと演《えん》じていたいんだ。』
にしちゃう！　けどなあ。なんちゃって。
現実《げんじつ》は小説《しょうせつ》のようには、いかないよね。
でも、それはよくばりすぎというもの。
ゆっくりと仲《なか》よくなっていければいいな。
今夜《こんや》、双子《ふたご》の天使《てんし》が空《そら》からおりてきて、キューピッドの矢《や》を放《はな》って。
そして、それは、どうやら、
わたしのハートに、命中《めいちゅう》してしまったみたい。

8 わたし、作家《さっか》デビューします！

「今日《きょう》は、ほんとうにありがとうございました！」

パーティーが終《お》わって、会場《かいじょう》から出《で》ると、わたしは雪人《ゆきと》さんに深々《ふかぶか》と頭《あたま》を下《さ》げた。

「わたし、ほんとうに感謝《かんしゃ》してるんです。」

この気持《きも》ちを、どんな言葉《ことば》で伝《つた》えたらいいんだろう？

作家志望《さっかしぼう》なのに、うまく言葉《ことば》が出《で》てこないよ。

わたし、今日《きょう》、難破船《なんぱせん》が無人島《むじんとう》に打《う》ちあげられて、一人《ひとり》ぼっちで取《と》りのこされたみたいな気分《きぶん》だった。

そして、先生《せんせい》と雪人《ゆきと》さんは、無人島《むじんとう》に漂着《ひょうちゃく》して死《し》にかけてたわたしを救《すく》いに来《き》てくれた船《ふね》なんだ。

「ほんとうに、助《たす》かりました。そして、とっても楽《たの》しかったです。」

意識《いしき》しちゃって、それしかいえない。雪人《ゆきと》さんの顔《かお》がまともに見《み》られない。

静《しず》まれ心臓《しんぞう》！

「さっききくのをわすれてたんだけど、未央《みお》ちゃんは、どんな小説《しょうせつ》を書《か》くの？」

「わたしは学園《がくえん》モノです。友情《ゆうじょう》あり、部活《ぶかつ》あり、恋愛《れんあい》ありの。」

「へえ、読《よ》んでみたいな。」

「あ～、でも、いま、書《か》きかけのはダメです。」

「え？　どうして？」

「だって、これからのほうが。」

「うん？」

わたしは小声《こごえ》でボソッといった。

「ほんとうの恋愛小説《れんあいしょうせつ》が書《か》けそうだから。」

「え？」

「あ、なんでもありません！」

「じゃあ、連絡先《れんらくさき》を交換《こうかん》しようよ。友達《ともだち》として。」

「はい。友達《ともだち》としてね。」

わたしたちが、スマホのアドレスと電話番号《でんわばんごう》を交換《こうかん》していると、

「未央《みお》。雪人《ゆきと》くん。見《み》つけたぞ！」

パパとママと先生《せんせい》が、どやどやとこっちにやってきた。

「先生《せんせい》から聞《き》いたよ。雪人《ゆきと》くんも小説《しょうせつ》を書《か》くんだって？　ぼくもなんだよ。」

パパが雪人《ゆきと》さんにうれしそうにそういった。

「わあ、そうなんですか？」

「うん。さあ、三人《にん》で競争《きょうそう》だ。だれが、いちばん最初《さいしょ》に小説家《しょうせつか》としてデビューできるか。」

「はい！」

わたしと雪人《ゆきと》さんの声《こえ》がハモって、みんなでまた笑《わら》った。

帰《かえ》りは、パパの車《くるま》で、ママと三人《にん》で家《いえ》に帰《かえ》ってきた。

そして、わたしはすぐに、双子《ふたご》の部屋《へや》に入《はい》って、ならんだベッドで寝《ね》ている双子《ふたご》をたた

き起《お》こした。

「礼央《れお》！　理央《りお》！　ただいま！」

「ううう〜ん。」

「ねむ〜い。」

寝《ね》ぼけ眼《まなこ》の二人《ふたり》を、わたしは両手《りょうて》をひろげて、いっぺんにぎゅううっとだきしめる。

「おねえちゃん、苦《くる》しいよお。」

寝《ね》ぼけた礼央《れお》がいう。

「もう、あんたたちって、ほんとに生意気《なまいき》で、おせっかい！」

「え？」

「でも、最高《さいこう》に感謝《かんしゃ》してる！　一生《いっしょう》わすれられない、最高《さいこう》の夜《よる》だった！」

「えへへ。」

礼央《れお》と理央《りお》が笑顔《えがお》になる。

家族《かぞく》って、いいね。

わずらわしいこともあるけれど、でも、家族《かぞく》のだれかに起《お》こったことは、自分《じぶん》のことの

ように気《き》になるし、心配《しんぱい》だし、いつも思《おも》いあっているんだよね。

わたしには、こんなにすごい味方《みかた》がいるんだなあ。

ぎゅううう。また、力《ちから》をこめてだきしめる。

「でもね、二人《ふたり》とも、もう日記《にっき》を読《よ》んじゃダメよ！」

わたしはいった。

ちゃんと姉《あね》として、しかるところはしからないとね。

「でも、ぼくたちが読《よ》まなかったら、おねえちゃんは、先生《せんせい》の美形《びけい》の息子《むすこ》さんにも会《あ》えなかったんだよ？」

「ねえ、先生《せんせい》の息子《むすこ》さん、かっこいいでしょ？　わたしたち、先生《せんせい》に写真《しゃしん》を見《み》せてもらって、念《ねん》のため、ちゃんと実物《じつぶつ》にも会《あ》わせてもらってから、お願《ねが》いしたんだから！」

「前《まえ》もって会《あ》ってたの⁉」

わたしはびっくり。

でも、雪人《ゆきと》さんのことを思《おも》うと、また、心《こころ》がホカホカしてきちゃった。

さっき、雪人《ゆきと》さんといっしょにいたときは、自然《しぜん》と笑顔《えがお》になれたし、ふんわりやさしい気持《きも》ちになれた。

自分《じぶん》がすっごくかわいい女《おんな》の子《こ》みたいな気《き》がしたの。

恋《こい》する女《おんな》の子《こ》って、みんなこんな感《かん》じなのかな？

でも、いまは、また、現実《げんじつ》にもどって、双子《ふたご》にガミガミいってるけどね。

「ねえ、ぼくたちって、すごくない？ 理央《りお》なんか、先生《せんせい》に泣《な》きながらたのんだんだから。」

「泣《な》き落《お》とし!?」

わたしは、またまたびっくり。

「礼央《れお》。わたし、なかなかの演技《えんぎ》だったでしょ？」

「理央《りお》、女優《じょゆう》になれるよ。」

「あのねえ。とにかく！ 日記《にっき》っていうのは、その人《ひと》だけのものなの。それを勝手《かって》に読《よ》むのはしちゃいけない、悪《わる》いことなの！」

「でもね。」

理央《りお》が甘《あま》えるようにいった。

「おねえちゃんの日記《にっき》っておもしろいんだもん。」

「え？」

「だから、ついつい読《よ》んじゃうの。」

「え、ほんと？」

やだ。しかってるはずなのに、口《くち》もとがゆるんできちゃった。

「ほんとにおもしろい？」

「うん！」

やだ。天才双子《てんさいふたご》にほめられちゃったよ。でへへ。

「そうかあ、おもしろくて、やめられなくなっちゃったのか。」

わたしがいうと、

「おもしろいよ。おねえちゃんの小説《しょうせつ》よりはね！」

礼央《れお》がいう。

「なんだって!?」

「ねえ、おねえちゃん、いいこと教《おし》えてあげようか？」

「なによ？」

「小説《しょうせつ》を書《か》くときにいちばんたいせつなこと。」

「え？」

「知《し》りたい？」

「知《し》りたい！」

「それは、最後《さいご》まで書《か》くっていうことだよ！」

「そんなの、あたりま……。」

えだ！

といい返《かえ》そうとして、ハッとした。

そういえば、わたし、まだ一作《いっさく》も書《か》きあげてなかった。

あたりまえだけど、あたりまえなだけに、真実《しんじつ》だよね。

最後《さいご》まで書《か》く。

とにかく、一作《いっさく》、仕上《しあ》げる。

そう、大事《だいじ》なのは、まず、そこ。

「完成《かんせい》させなきゃ、作家《さっか》にはなれないんだからね。」

「うん。わかった。よ〜し、がんばる！」

ああ、ワクワクする。

いつか、いつか、かなうといいな。わたしの夢《ゆめ》。

夢《ゆめ》を持《も》つのって、楽《たの》しいよね。

文章《ぶんしょう》がうまく書《か》けないときは、つらいし、落《お》ちこむし、自己嫌悪《じこけんお》だけど。

でも、わたしは文章《ぶんしょう》を書《か》くのが好《す》き。

できっこないって、夢見《ゆめみ》ることをやめてしまったら、自分《じぶん》が、ますます小《ちい》さくなって、自分《じぶん》のことを、どんどんきらいになってしまいそう。

でも、夢《ゆめ》を持《も》つことで、前向《まえむ》きになれるし、未来《みらい》が開《ひら》けてくる感《かん》じがする。

もしかしたら、夢《ゆめ》を追《お》いかけているいまが、この瞬間《しゅんかん》こそが、いちばん楽《たの》しいのかもしれないね。

同《おな》じ夢《ゆめ》をめざす仲間《なかま》もできたし（それもとびきり最高《さいこう》&《アンド》最強《さいきょう》の！）。

パパと雪人《ゆきと》さんと、作家《さっか》めざして、がんばるぞ！

わたし、作家《さっか》デビューします！
いつか、必《かなら》ず。
また、報告《ほうこく》するね！

はじめてでも小説《しょうせつ》が書《か》ける！
天才双子《てんさいふたご》の小説教室《しょうせつきょうしつ》

お話《はなし》の本文《ほんもん》に出《で》てきた
双子《ふたご》（＆《アンド》パパ）のアドバイスを
わかりやすく順番《じゅんばん》に整理《せいり》して、
おさらいしてみよう！

①まず、どんなお話《はなし》を書《か》くか決《き》めよう!

「5W《ダブリュー》1H《エイチ》方式《ほうしき》で考《かんが》えると楽《らく》だよ。」

「たとえば、青《あお》い鳥文庫《とりぶんこ》の『泣《な》いちゃいそうだよ』を例《れい》にしてみるね。」

Who《フー》(だれが?) 中学《ちゅうがく》二年生《ねんせい》の平凡《へいぼん》な女《おんな》の子《こ》・小川凜《おがわりん》が

When《ウェン》(いつ?) 現代《げんだい》(いま)の

Where《ウェアー》(どこで?) 東京《とうきょう》の中学校《ちゅうがっこう》で

What《ワット》(なにを?) 部活《ぶかつ》や友達《ともだち》、勉強《べんきょう》、学校行事《がっこうぎょうじ》、家族《かぞく》、そして、片思《かたおも》いに
なやみながら

Why《ホワイ》(なぜ?) 新《あたら》しい自分《じぶん》になりたい、もっと成長《せいちょう》したい、夢《ゆめ》をかなえたいから

How《ハウ》(どのように?) 泣《な》いちゃいそうになりながらも、がんばる!

「こうすると、お話《はなし》の骨格《こっかく》が見《み》えてくるよね。」

「主人公《しゅじんこう》を魔法使《まほうつか》いにしたり、時代《じだい》を過去《かこ》や未来《みらい》にしたりすれば、ファンタジーやS《エス》F《エフ》にもなっちゃう。いろんなパターンを考《かんが》えてみるのも楽《たの》しいよ。」

②仮《かり》でいいから、タイトルを決《き》めよう！

「タイトルを決《き》めると、小説全体《しょうせつぜんたい》をつらぬく世界観《せかいかん》が決《き》まるから、小説《しょうせつ》が書《か》きやすくなる。あとで、もっといいアイディアを思《おも》いついたら変《か》えてもいいから、仮《かり》タイトルをつけてみよう！」

「『泣《な》いちゃいそうだよ』は、タイトルを決《き》めてから書《か》いたので、喜怒哀楽《きどあいらく》で泣《な》いちゃいそうになるシーンを必《かなら》ず各章《かくしょう》に入《い》れるように工夫《くふう》したんだって。」

「小説《しょうせつ》のラストもタイトルの『泣《な》いちゃいそうだよ』で終《お》わるんだよね。」
「タイトルは小説《しょうせつ》の顔《かお》！　ハッと気《き》になるタイトルをつけてみてね。」
「じっさいに自分《じぶん》が本屋《ほんや》さんや図書館《としょかん》で手《て》に取《と》って読《よ》んでみたくなるのは、
どんなタイトル？　想像《そうぞう》してみよう。」
「そう、読者目線《どくしゃめせん》になるって大事《だいじ》よね。自分《じぶん》が読者《どくしゃ》になったつもりで、
つけてみてね。」

③自分《じぶん》の経験《けいけん》、身近《みぢか》にあることをヒントに書《か》いてみよう！

「取材《しゅざい》して書《か》くのもありだけど、まず最初《さいしょ》は、自分《じぶん》の経験《けいけん》やよく知《し》っていることを
書《か》いてみよう。」
「小《しょう》・中学生《ちゅうがくせい》なら、自分《じぶん》の学校《がっこう》での印象的《いんしょうてき》な体験《たいけん》を書《か》いてみるといいよね。」

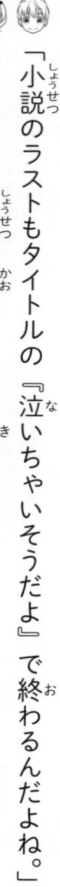

「それ以外《いがい》にも、たとえば、自分《じぶん》の家《いえ》がケーキ屋《や》さんなら、パティシエをめざす中学生《ちゅうがくせい》の話《はなし》とか。」

「絶対《ぜったい》に、まわりの子《こ》よりもお菓子《かし》に関《かん》する知識《ちしき》があるはずだもんね！
まずは、身近《みぢか》なところを観察《かんさつ》！」

④大《おお》まかな起承転結《きしょうてんけつ》を考《かんが》えよう！

「ここでも、『泣《な》いちゃいそうだよ』を例《れい》にすると……。」

「礼央《れお》！　まだ読《よ》んでいない子《こ》にはネタばれになっちゃうよ！」

「作者《さくしゃ》にしめあげられるから、だれもが知《し》ってるお話《はなし》に変更《へんこう》！」

「じゃあ『浦島太郎《うらしまたろう》』でいくね。」

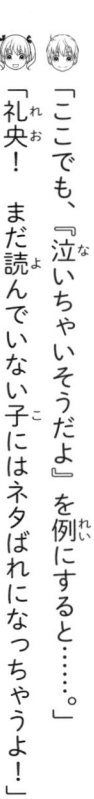

起《き》　物語《ものがたり》が始《はじ》まる――浦島太郎《うらしまたろう》がいじめられている亀《かめ》を助《たす》ける。
承《しょう》　物語《ものがたり》が進《すす》む――助《たす》けた亀《かめ》の背中《せなか》に乗《の》って竜宮城《りゅうぐうじょう》に行《い》き、乙姫《おとひめ》さまに歓迎《かんげい》される。
転《てん》　変化《へんか》、事件《じけん》が起《お》こる――ふるさとに帰《かえ》ることになり、乙姫《おとひめ》さまから玉手箱《たまてばこ》をもらう。
結《けつ》　その結末《けつまつ》――ワクワクしながら、玉手箱《たまてばこ》を開《あ》けたら、おじいさんになった！

「転《てん》では意外性《いがいせい》が重要《じゅうよう》だよね。楽《たの》しく竜宮城《りゅうぐうじょう》でくらしていたのに、ふるさとに帰《かえ》ることになるところが、意外性《いがいせい》あり。」

「で、結《けつ》では、ハッピーエンドかと思《おも》ったらバッドエンドっていう。乙姫《おとひめ》、こわ～い。」

⑤小説《しょうせつ》のテーマを決《き》めよう！

「自分《じぶん》がこの小説《しょうせつ》で、いちばん伝《つた》えたいことはなんなのか。それが、テーマです。」

「むずかしく考《かんが》えなくてもいいの。この小説《しょうせつ》のおもしろさはここなの！　といえるようなもの。」

「『泣《な》いちゃいそうだよ』だったら？」

「『生《い》きていると、つらくて泣《な》いちゃいそうなことがいっぱいある。でも、なやんでいるのは、自分一人《じぶんひとり》じゃない。主人公《しゅじんこう》たちの経験《けいけん》や考《かんが》えかたを通《とお》して、自分《じぶん》のなやみ解決《かいけつ》のヒントにしてほしい。この物語《ものがたり》を通《とお》して、生《い》きているのがしんどいなという子《こ》たちが、元気《げんき》や勇気《ゆうき》を少《すこ》しでも持《も》ってくれたら、うれしい！』と作者《さくしゃ》からの伝言《でんごん》です。なんだか長《なが》いし、熱《あつ》すぎるわよ。」

「でも、これだけは書《か》きたい！　という情熱《じょうねつ》はたいせつに！」

⑥主人公《しゅじんこう》の名前《なまえ》とキャラクターを決《き》めよう！

「主役《しゅやく》は、特別《とくべつ》な能力《のうりょく》を持《も》った子《こ》でも、平凡《へいぼん》な小《しょう》・中学生《ちゅうがくせい》でも、どっちでもいいんです。」

「超優秀《ちょうゆうしゅう》でも、欠点《けってん》だらけでも、どちらにせよ、読者《どくしゃ》に応援《おうえん》してもらえる、愛《あい》されキャラ、もしくは愛《あい》すべきキャラにしたいよね。」

「主人公《しゅじんこう》を好《す》きになれないと感情《かんじょう》移入《いにゅう》できないし、読《よ》みつづけるのもキツいもんね。」

「そして、名前《なまえ》も重要《じゅうよう》！　できれば、主人公《しゅじんこう》の性格《せいかく》や、物語《ものがたり》を体現《たいげん》するような名前《なまえ》がいいわね。」

「あと、『泣《な》いちゃいそうだよ』だと、凜《りん》ちゃんの妹《いもうと》は、蘭《らん》ちゃん。りんとらんで、響《ひび》きも似《に》てるし、漢字《かんじ》一文字《ひともじ》だし、名前《なまえ》から姉妹《しまい》っていう関係性《かんけいせい》が感《かん》じられる。名前《なまえ》をつけるときは、そういう関係性《かんけいせい》もたいせつに。」

「うちも、未央《みお》、礼央《れお》、理央《りお》だもんね。」

⑦わき役《やく》のキャラクターと名前《なまえ》を決《き》めよう！

「わき役《やく》には、主人公《しゅじんこう》の味方《みかた》になる人物《じんぶつ》と、敵《てき》になる人物《じんぶつ》、この両方《りょうほう》を出《だ》すと物語《ものがたり》を動《うご》かしやすいよ。」

「たとえば、親友《しんゆう》とライバルとかね。」

「そう。この本《ほん》だと、敵《てき》は由里亜《ゆりあ》ちゃん。味方《みかた》は、ぼくたち、礼央《れお》と理央《りお》。」

「おねえちゃんから、異論反論《いろんはんろん》が出《で》そうだけど。」

「敵《てき》だと思《おも》ってた人《ひと》がじつは味方《みかた》とか、味方《みかた》だと思《おも》ってた人《ひと》がじつは敵《てき》とか、意外性《いがいせい》があっても、もちろん、ＯＫ《オーケー》！」

⑧書《か》き出《だ》しにはこだわろう!

「書《か》き出《だ》しの一文《いちぶん》は大事《だいじ》だよね。」

「そこで物語《ものがたり》が決《き》まってしまうといっても過言《かごん》ではないから、印象《いんしょう》に残《のこ》る言葉《ことば》で書《か》きはじめよう。」

「くどくど前置《まえお》きはしないで、ズバッと本題《ほんだい》に入《はい》ることが大事《だいじ》。」

「ついでにいうと、最初《さいしょ》の三十ページも重要《じゅうよう》。そのあたりまで読《よ》んで、つまらないと感《かん》じたら読《よ》むのをやめちゃう人《ひと》が多《おお》いから。逆《ぎゃく》に、そこまでおもしろく読《よ》めたら、最後《さいご》まで読《よ》んでもらえるはず。」

「だから、第《だい》一章《しょう》って、ほんとうに大事《だいじ》なんだね。」

⑨自分《じぶん》の個性《こせい》、オリジナリティーはディテールに出《で》る！

「たとえば、学園《がくえん》モノの小説《しょうせつ》は、たくさんあるわよね。
でも、同《おな》じテーマで描《えが》いても、作者《さくしゃ》によって個性《こせい》が出《で》るのはどうしてかしら？」

「食《た》べるのが好《す》きなら、食事《しょくじ》の描写《びょうしゃ》。スポーツが好《す》きなら、運動《うんどう》の描写《びょうしゃ》など、ディテールに自分《じぶん》のこだわりを入《い》れるといいよ。それが作家《さっか》の個性《こせい》になる。」

「それと、本人《ほんにん》の考《かんが》えかたもあるわよね。ストーリーよりも、ちょっとした会話《かいわ》とか、主人公《しゅじんこう》の物事《ものごと》の考《かんが》えかたで、作者《さくしゃ》の個性《こせい》が自然《しぜん》とにじみ出《で》てしまう。」

「そう。作品《さくひん》には、本人《ほんにん》がおのずと出《で》てしまう。
それが個性《こせい》だから、へんに意識《いしき》して書《か》かなくてもだいじょうぶ。」

「でも、それってこわいわね。じゃあ、おねえちゃんの小説《しょうせつ》は、おバカ（ピー！）、以下自粛《いかじしゅく》します。」

⑩とにかく最後《さいご》まで書《か》いてみよう！・一作《いっさく》、書《か》きあげよう！

「自分《じぶん》では『こういう小説《しょうせつ》が書《か》きたい！』と思《おも》っているのに、じっさいに書《か》いてみたら、理想《りそう》とは、ほど遠《とお》い作品《さくひん》しか書《か》けなかった！　ということはよくあります。」

「この本《ほん》の作者《さくしゃ》なんか、毎回《まいかい》、うなだれてるらしいわよ。」

「しょうがないなあ。」

「でも、小説《しょうせつ》を書《か》いてだれかに読《よ》んでもらうって、とってもうれしいことであると同時《どうじ》に、とってもはずかしいことでもあるんです。
自分《じぶん》をさらけ出《だ》さなきゃいけなくなるから。」

「でも、まあ、人《ひと》は、生《い》きてるだけではずかしいことの連続《れんぞく》なんだからさ。
おねえちゃんを見《み》てみなよ！」

「でも、おねえちゃんには、はじをかくことを恐《おそ》れないでっていいたいわ。
はじをかきたくないからって自分《じぶん》をかばいすぎると、あたりさわりのない、
つまらない作品《さくひん》になっちゃう！」

「では、そろそろ、今回《こんかい》は、このへんで。」

「続《つづ》きは、また、次《つぎ》の本《ほん》で！」

「おねえちゃんの小説《しょうせつ》は完成《かんせい》するのか？」

「雪人《ゆきと》さんとの関係《かんけい》は進展《しんてん》するのか？」

「ぼくたちは、また、どんな大活躍《だいかつやく》をするのか。」

「ご期待《きたい》ください。」

&《アンド》「また、必《かなら》ずお会《あ》いしましょう！」

あとがき

こんにちは！　小林深雪《こばやしみゆき》です。

読《よ》んでいただいて、ありがとうございます！

初《はじ》めましてのあなたに、これからもどうぞよろしく！

今年《ことし》で、作家《さっか》デビュー二十八年目《ねんめ》になりますが（きゃ〜！　時《とき》がたつのがはやすぎる！）、最近《さいきん》はメールでの感想《かんそう》がどっと増《ふ》えて、お手紙《てがみ》は少《すく》なくなりました。時代《じだい》を感《かん》じますね〜。

でも、本《ほん》に挟《はさ》んであるはがき（読者《どくしゃ》はがき）は、編集部《へんしゅうぶ》で読《よ》んだ後《あと》、すべて、わたしの自宅《じたく》にとどけてもらって、全部《ぜんぶ》、目《め》をとおしていますので、どしどしメッセージを書《か》いて送《おく》ってくださいね！

さて、「泣《な》いちゃいそうだよ」シリーズは、昨年《さくねん》（二〇一六年《ねん》）、めでたく十周年《しゅうねん》を迎《むか》えました。

そして、二月《がつ》に発売《はつばい》したYA!《ワイエー》 ENTERTAINMENT《エンターテインメント》の凜《りん》の高校《こうこう》三年生編《ねんせいへん》『未来《みらい》への扉《とびら》』(発売《はつばい》が半年《はんとし》以上《いじょう》も遅《おく》れてすみません!)で、凜《りん》の高校生編《こうこうせいへん》もついに完結《かんけつ》です!

凜《りん》も、広瀬《ひろせ》くんも、真緒《まお》も河野《こうの》も、みんな高校《こうこう》を卒業《そつぎょう》してしまいました。

うう、めでたいけど、さみしい〜!

あ、みんなの大学受験《だいがくじゅけん》や進路《しんろ》については、ぜひぜひ、本《ほん》を読《よ》んでね。河野《こうの》の福岡《ふくおか》の彼女《かのじょ》、柚《ゆず》ちゃんも出《で》てくるよ!

さて、十周年《しゅうねん》の祭《まつ》りも終《お》わり、なんとな〜く気持《きも》ちが、一段落《いちだんらく》したところで、

「そろそろ、新《しん》シリーズを立《た》ちあげてみませんか?」

と、青《あお》い鳥文庫編集部《とりぶんこへんしゅうぶ》の前野《まえの》メリー嬢《じょう》から打診《だしん》されたわけです(もちろん、「泣《な》いちゃいそうだよ」シリーズは、まだまだ続《つづ》きますのでご安心《あんしん》を)。

そこで、

「読者《どくしゃ》のみんなは、いま、いちばん、どんなお話《はなし》を読《よ》みたいかな?」

と、二人《ふたり》でじっくり考《かんが》えたんですよ!

「『泣《な》いちゃい』は、みんなのなやみがテーマだったから、今度《こんど》は、青《あお》い鳥《とり》っ子《こ》の夢《ゆめ》を応《おう》

援《えん》したいな～。」

「青《あお》い鳥《とり》っ子《こ》といえば、本《ほん》が大好《だいす》き！」

「本《ほん》が大好《だいす》きなみんなが、一度《いちど》は夢見《ゆめみ》ること。」

「それは、青《あお》い鳥文庫《とりぶんこ》の作家《さっか》になること！」

「それそれ！ サイン会《かい》でも、青《あお》い鳥文庫《とりぶんこ》の作家《さっか》になりたいっていってる子《こ》は多《おお》いもんね。」

「それで、読《よ》んでいるうちに小説《しょうせつ》の書《か》き方《かた》も自然《しぜん》と勉強《べんきょう》できちゃうといいですね！」

「でも、かた苦《くる》しいことはなしで、元気《げんき》で明《あか》るい笑《わら》えるコメディがいいな！」

「ステキ男子《だんし》も出《で》てきますよね？」

「もちろん！ そして、その男《おとこ》の子《こ》も青《あお》い鳥文庫《とりぶんこ》の作家志望《さっかしぼう》にしよう！」

「そうそう、男子読者《だんしどくしゃ》の夢《ゆめ》も応援《おうえん》しましょう！」

ということで、あっという間《ま》に打《う》ち合《あ》わせが終了《しゅうりょう》！

青《あお》い鳥文庫《とりぶんこ》の作家《さっか》になりたい！という未央《みお》ちゃんが、作家《さっか》になるまで？を描《えが》く「作家《さっか》になりたい！」シリーズが、こうして、急《きゅう》きょ、スタートしたというわけです。

そうそう。本文中《ほんもんちゅう》では、青《あお》い鳥文庫《とりぶんこ》で新人賞《しんじんしょう》を募集《ぼしゅう》しているという設定《せってい》になっていますが、どうやら、本当《ほんとう》に始《はじ》まるみたい!? 正式《せいしき》な発表《はっぴょう》を待《ま》ちましょう!

また、児童書作家《じどうしょさっか》をめざす人《ひと》には、講談社児童文学新人賞《こうだんしゃじどうぶんがくしんじんしょう》という賞《しょう》もあります。こちらの賞《しょう》では、昨年《さくねん》から、わたしも選考委員《せんこういいん》をつとめておりますので、みなさまからの力作《りきさく》をお待《ま》ちしております!

そして、今後《こんご》の刊行予定《かんこうよてい》です。

じつはいま、児童向《じどうむ》けの読《よ》みもの『宝《たから》ものは深《ふか》い森《もり》に』(仮題《かだい》)というお話《はなし》を書《か》いています。

これは、自分《じぶん》の子《こ》ども時代《じだい》をベースにしたお話《はなし》です。いろいろ思《おも》い出《だ》しては、笑《わら》ったり泣《な》いたりしながら書《か》いています。ぜひぜひ、本《ほん》が発売《はつばい》されたら読《よ》んでみてくださいね。

そして、次《つぎ》の青《あお》い鳥文庫《とりぶんこ》では、「泣《な》いちゃいそうだよ」シリーズで、『ちゃんと言《い》わなきゃ』の桜子《さくらこ》ちゃんと杏実《あみ》ちゃんのお話《はなし》の続編《ぞくへん》を書《か》く予定《よてい》です。

もちろん、『作家《さっか》になりたい!②　—恋《こい》からはじまる推理小説《すいりしょうせつ》』(仮題《かだい》)も、なるべくはやくおとどけできるようにがんばりますので、待《ま》っていてください。

最後《さいご》になりましたが、担当《たんとう》の俵《たわら》ゆりさん、ラスボス?山室秀之《やまむろひでゆき》さん、イラストの牧村久《まきむらく》実先生《みせんせい》に心《こころ》から感謝《かんしゃ》します。そして、あなたにも、もう一度《いちど》、ありがとう。

この春《はる》、みんなの夢《ゆめ》がかないますように!

二〇一七年《ねん》一月《がつ》

小林深雪《こばやしみゆき》

＊著者紹介

小《こ》林《ばやし》深《み》雪《ゆき》

3月10日生まれ。魚座のA型。埼玉県出身。武蔵野美術大学卒業。青い鳥文庫、YA! ENTERTAINMENT（いずれも講談社）で人気の「泣いちゃいそうだよ」シリーズをはじめ、多くの著作があり、10代の読者の人気を集める。エッセー集『児童文学キッチン』、童話『白鳥の湖』のほか漫画原作も多数手がけ、『キッチンのお姫さま』（「なかよし」掲載）で、第30回講談社漫画賞を受賞。

＊画家紹介

牧《まき》村《むら》久《く》実《み》

6月13日生まれ。双子座のA型。東京都出身。デビュー以来、多くの漫画、さし絵を手がける。講談社青い鳥文庫で人気の「泣いちゃいそうだよ」シリーズのほか、名作『伊豆の踊子・野菊の墓』（川端康成・伊藤左千夫／作　講談社青い鳥文庫）のさし絵も手がけている。

この作品は、『恋愛小説のつくりかた』（一九九二年十二月初版　講談社）を底本に、大幅に加筆修正をし、イラストを新たにつけたものです。

講談社　青い鳥文庫

作家《さっか》になりたい！①
——恋愛小説《れんあいしょうせつ》、書《か》けるかな？——
小林深雪《こばやしみゆき》

2017年３月15日　第１刷発行
2023年２月27日　第14刷発行

（定価はカバーに表示してあります。）

発行者　鈴木章一
発行所　株式会社講談社
東京都文京区音羽2-12-21　郵便番号112-8001
電話　編集（03）5395-3536
販売（03）5395-3625
業務（03）5395-3615

N.D.C.913　188p　18cm
装　丁　primary inc.,
久住和代
印　刷　図書印刷株式会社
製　本　図書印刷株式会社
本文データ制作　講談社デジタル製作

KODANSHA

ISBN978-4-06-285615-7

泣《な》いちゃいそうだよ シリーズ

あなたは どのヒロインに 共感《きょうかん》する？

小林深雪《こばやしみゆき》／作《さく》　牧村久実《まきむらくみ》／絵《え》

泣《な》いちゃいそうだよ

片思《かたおも》いの広瀬《ひろせ》くんと同《おな》じクラスに！
凛《りん》の 12 か月《げつ》の初恋《はつこい》ダイアリー。

小川《おがわ》 凛《りん》
吹奏楽部《すいそうがくぶ》。ケーキ大好《だいす》き！
天《てん》パのくせ毛《げ》が悩《なや》みの種《たね》。

いいこじゃないよ

優等生《ゆうとうせい》の妹《いもうと》、蘭《らん》。でも、いいこの
自分《じぶん》が好《す》きになれないんです。

小川《おがわ》 蘭《らん》
凛《りん》の妹《いもうと》。テニス部《ぶ》。
まじめな学級委員《がっきゅういいん》。

ちゃんと言《い》わなきゃ

6 年《ねん》ぶりの街《まち》での新《あたら》しい生活《せいかつ》。幼《おさな》なじみのあの子《こ》にも会《あ》えるかな……？

小川桜子《おがわさくらこ》
凛《りん》のイトコ。社交的《しゃこうてき》な妹《いもうと》の
杏美《あみ》がうらやましくて……。

友情《ゆうじょう》、恋《こい》、クラブ活動《かつどう》、受験勉強《じゅけんべんきょう》……リアルな学校生活《がっこうせいかつ》を描《えが》いて大人気《だいにんき》！　シリーズぞくぞく刊行中《かんこうちゅう》だよ！

かわいくなりたい

三島先輩《みしませんぱい》に失恋《しつれん》した彩《あや》。「お笑《わら》い系《けい》女子《じょし》」じゃ、モテないの？

藤井《ふじい》 彩《あや》
吹奏楽部《すいそうがくぶ》。みんなを笑顔《えがお》にするムードメーカー！

いっしょにいようよ

男友達《おとこともだち》の誠《まこと》に彼女《かのじょ》ができてから、真琴《まこと》の気持《きも》ちに微妙《びみょう》な変化《へんか》が。

山内真琴《やまうちまこと》
バスケ部《ぶ》。さっぱりとした性格《せいかく》で、男友達《おとこともだち》も多《おお》い。

信《しん》じていいの？

前《まえ》の恋《こい》を忘《わす》れられない泉《いずみ》。そこへ、広瀬岳《ひろせがく》という１年生《ねんせい》が入部《にゅうぶ》してきて。

大村《おおむら》 泉《いずみ》
吹奏楽部《すいそうがくぶ》。小柄《こがら》でひっこみじあん。

大好《だいす》きがやってくる 七星編《ななせへん》

大沢七星《おおさわななせ》
明《あか》るく元気《げんき》な妹《いもうと》キャラ！

双子《ふたご》の兄妹《きょうだい》、北斗《ほくと》と七星《ななせ》が、東京《とうきょう》へ引《ひ》っ越《こ》してきた！

「泣《な》いちゃい」シリーズ、まだまだ続《つづ》きます！

「講談社《こうだんしゃ》 青《あお》い鳥文庫《とりぶんこ》」刊行《かんこう》のことば

太陽《たいよう》と水《みず》と土《つち》のめぐみをうけて、葉《は》をしげらせ、花《はな》をさかせ、実《み》をむすんでいる森《もり》。小《こ》鳥《とり》や、けものや、こん虫《ちゅう》たちが、春《はる》・夏《なつ》・秋《あき》・冬《ふゆ》の生活《せいかつ》のリズムに合《あ》わせてくらしている森《もり》。森《もり》には、かぎりない自然《しぜん》の力《ちから》と、いのちのかがやきがあります。

本《ほん》の世界《せかい》も森《もり》と同《おな》じです。そこには、人間《にんげん》の理想《りそう》や知恵《ちえ》、夢《ゆめ》や楽《たの》しさがいっぱいつまっています。

本《ほん》の森《もり》をおとずれると、チルチルとミチルが「青《あお》い鳥《とり》」を追《お》い求《もと》めた旅《たび》で、さまざまな体験《たいけん》を得《え》たように、みなさんも思《おも》いがけないすばらしい世界《せかい》にめぐりあえて、心《こころ》をゆたかにするにちがいありません。

「講談社《こうだんしゃ》 青《あお》い鳥文庫《とりぶんこ》」は、七十年《ねん》の歴史《れきし》を持《も》つ講談社《こうだんしゃ》が、一人《ひとり》でも多《おお》くの人《ひと》のために、すぐれた作品《さくひん》をよりすぐり、安《やす》い定価《ていか》でおおくりする本《ほん》の森《もり》です。その一さつ一さつが、みなさんにとって、青《あお》い鳥《とり》であることをいのって出版《しゅっぱん》していきます。この森《もり》が美《うつく》しいみどりの葉《は》をしげらせ、あざやかな花《はな》を開《ひら》き、明日《あす》をになうみなさんの心《こころ》のふるさととして、大《おお》きく育《そだ》つよう、応援《おうえん》を願《ねが》っています。

昭和《しょうわ》五十五年《ねん》十一月《がつ》

講談社